中国科幻精品屋系列 ⑫ 　　　　　　　　金 涛　总策划

星际木刻

饶忠华　主编

科学普及出版社
·北 京·

图书在版编目（CIP）数据

星际木刻 / 饶忠华主编 . —北京：科学普及出版社，2018.1
（中国科幻精品屋系列）
ISBN 978-7-110-09305-4

Ⅰ．①星… Ⅱ．①饶… Ⅲ．①科学幻想小说－小说集－中
国－当代 Ⅳ．① I247.7

中国版本图书馆 CIP 数据核字（2016）第 026684 号

策划编辑	徐扬科
责任编辑	吕　鸣
装帧设计	青鸟意讯艺术设计
插　　图	范国静　赵连花　郭　芳　刘小匣　刘　正
责任校对	孟华英
责任印制	徐　飞

出　　版	科学普及出版社
发　　行	中国科学技术出版社发行部
地　　址	北京市海淀区中关村南大街 16 号
邮　　编	100081
发行电话	010-63583170
传　　真	010-62173081
网　　址	http://www.cspbooks.com.cn

开　　本	710mm×1000mm　1/16
字　　数	170 千字
印　　张	12.75
版　　次	2018 年 1 月第 1 版
印　　次	2018 年 1 月第 1 次印刷
印　　刷	北京盛通印刷股份有限公司

| 书　　号 | ISBN 978-7-110-09305-4/I·460 |
| 定　　价 | 35.00 元 |

（凡购买本社图书，如有缺页、倒页、脱页者，本社发行部负责调换）

序

世界上有很多人会做奇怪的梦，他们的梦又奇妙，又好玩。

在梦中，他们乘坐宇宙飞船，冲出大气层，飞上月球，飞向遥远的星座，甚至在银河的小行星上盖了房子，建了许多工厂和雄伟的城市。但是他们很快遇到了麻烦，宇宙大爆炸的冲击波毁灭了他们的家园，于是劫后的幸存者驾着飞船，成为孤独的漂泊者。

在梦中，他们像鱼儿一样潜入海洋，在深深的海底开采矿床，建造海底城市，也建成了海军基地和强大的舰队。正当他们雄心勃勃地扩张地盘、争夺海底富饶的钻石矿时，一场可怕的大地震爆发了，于是山崩地裂，海水沸腾，谁能逃过这场浩劫呢？

在梦中，他们进入了很深的地底下，居然发现地球内部还有一个世外"桃花源"，芳草鲜美，落英缤纷。那里的人像袋鼠一样跳跃走路，住在黑暗的洞穴里，有嘴却不会说话，只能用双手比画几下进行对话，如同人类聋哑人的"手语"，据说这是在地层高压下长期进化的结果。遗传学家考察后发现，这些地底下的聋哑人竟然和我们有相同的基因。

在梦中，机器人部队排成战列，每个机器人士兵都拿着激光枪和锋利的光子匕首，向着古老的城堡发起进攻，那是外星人盘踞的城堡，他们也不甘示弱，从城堡的枪眼里喷出的高温毒液，形成一片炽热的火海……

当然，还有很多梦，既稀奇又令人兴奋。比如：许多可怕的至今无法治愈的疾病，终于找到了特效药；分子型的微型机器人医生从血管、从食道进入人体的内脏，清除病灶、消灭隐患，创造了一个个生命奇迹。

还有很多很多，都是科学技术的新发明带来的惊人变化、创造的一个个人间奇迹，不用一一列举了。

这些梦，看似异想天开、玄妙荒诞，却也令人震撼、趣味无穷，它们写成小说就是科学幻想小说（也称科学小说），拍成电影就是脍炙人口的科幻电影。我相信，这是你们最喜欢的。

摆在你们面前的这部"中国科幻精品屋系列"，就是我国100多年来科幻小说的集中展示。它是由几代科幻作家，在不同历史时期，伴随科学技术的进步而创作的，也从一个层面反映了科幻小说家对于科学技术发明的殷切期望和美好向往。这里面多是描写科学技术的进步给人类带来的福祉，也有对科学技术成果滥用的忧虑。

这套书有一个很突出的特点：2000多篇作品，2000多个故事，时间跨度100多年，是按时间顺序编排的。阿拉伯文学中的经典作品叫作《一千零一夜》，这套"中国科幻精品屋系列"可以称作中国科幻的"一千零一夜"了。

这种分类方法一个很突出的特点，是可以很清晰地看到，中国科幻小说的题材与现当代科学技术的发明和传播相互之间密不可分的关系。这也说明，科幻小说尽管是幻想的文学，但它仍然植根于现实的大地之上。

我还想再补充一点，阅读科幻小说（以及看科幻电影），最大的收获不仅仅是长知识，而是增强你的想象力，这是训练一个人创造力的重要途径。"想象力比知识更重要"，这个观念已经被无数事实证明是有道理的。这方面的体验，只有通过阅读，不间断的、广泛的阅读，才能领会。

最后，我要感谢丛书主编饶忠华兄，并且特别感谢多年来支持丛书出版的科学普及出版社以及为此付出辛勤劳动的编辑们。

金　涛

2017年10月20日

目 录

前因后果	1
"死者"的控诉	3
夜泊无名岛	5
偷渡	7
天无绝人之路	8
目击	10
雨夜来客	12
博物馆中的奇闻	13
"美的梦"	15
铁面无私	16
有些事是不必知道的	17
多眼人	18
消失在历史的长河中	20
划时代发明的悲剧	21
渤海救难	23
垂死者	25
轮流呼吸	26
预测生命	28
乞丐与大亨	29
小人	31
寻找垃圾场	
—— 一个外星人的日记	33
"分子距离调节器"	
新闻发布纪要	34

可怜的祖先	35
防盗剂	36
海底英雄目击记	37
智鼠	40
冰尸之谜	42
告别地球	45
一夜疯狂	46
时光倒流机	49
奇妙的书本	51
太空"百慕大"	53
故土难离	55
惜别	56
女娲恋	58
一个戊戌老人的故事	60
黑洞探险	61
奇异的海蟒	63
马虎超人历险记	64
课堂风波	66
证据	68
不老翁之谜	70
揠苗助长的老爷爷	72
绿色的猫	74
谁？！	75
苏醒	76

冰船	77	不用电的照明灯	108
怪兽	78	心灵深处的秘密	109
神医	80	再也不怕近视了	110
魔盒	81	行动自如的盲人	111
魔管	82	会说话的照相机	112
人与兽	82	发明家的浪荡子	113
电嗅器	84	玛维尼克的"发明"	114
她是谁	85	时间机器第一号	114
戒赌药	87	金斯太太的小狗	116
卵生猫	88	服装商场的魔镜	117
"纸"衣服	89	珊瑚丛中脱险记	118
我的	90	家庭的和平使者	119
花与锁	92	蒙娜丽莎的项链	120
救命雨	93	聪明的"机器娃娃"	122
弹子球	94	巧妙的"记忆再生仪"	123
新经理	95	金星人的可怕劫难	124
醒脑器	97	江山易改 本性难移	126
鳗鱼王	98	美丽而危险的少女	127
一想而就	99	神奇的声频扩大机	129
天外来客	100	乘着桌子飞离监狱	130
无敌猛士	101	黑色的死亡进行曲	131
丹丹破案	102	悬空飞不动的飞机	132
幻影诱"狼"	103	洞天世界的意外发现	133
生日礼物	105	他们成为地球卫星之后	134
万能语言翻译机	107	亚飞串门	135

机械红娘　　　　　137　　　　　开发 X 星球　　　　161

曲线时间　　　　　138　　　　　飞跃百慕大　　　　163

宇宙孤魂　　　　　139　　　　　与"拉玛"相会　　　165

多层照片　　　　　141　　　　　巨型声弹　　　　　167

宇宙新村　　　　　142　　　　　为了珍妮弗　　　　169

海洋卫士　　　　　143　　　　　正好两分钟　　　　171

青春血液　　　　　144　　　　　杀人鲸的传说　　　173

盲人秘书　　　　　144　　　　　金蛋的秘密　　　　175

星际侦察　　　　　145　　　　　芳芳的秘密　　　　177

星际木刻　　　　　147　　　　　青春与衰老　　　　178

神警勇探　　　　　148　　　　　奇特的医院　　　　180

起死回生　　　　　149　　　　　佳佳的大学　　　　182

鬼谷悲歌　　　　　150　　　　　盲童的欢笑　　　　184

海上城市　　　　　151　　　　　海上纵火案　　　　186

海底游魂　　　　　153　　　　　活着的雕像　　　　188

模范监狱　　　　　155　　　　　神秘的家庭　　　　190

万能音乐仪　　　　157　　　　　海伦的爱情　　　　192

海洋粮仓　　　　　158　　　　　特别宇航器　　　　193

万能饮水杯　　　　160

致作者

　　1997年起此套丛书在我社陆续出版，由于年代久远，有些文章作者的署名及联络方式已无从查考，故烦请相关作者与我们联系，我们将妥善解决署名及稿费事宜。

前因后果

石　坚

　　侯留实是德军占领区"历史乐园"的演员，在《张子房邳桥进履》节目中演张良。离开演还有1小时，在更衣室里，他拿出一本禁书《史记》，悄悄地阅读起来。突然，他被人猛推一掌，一阵头晕，发现来到一片树林，身边小河哗哗淌着水。

　　在他面前站着一位老者。老者把一卷东西塞给他，说："好好收着，认真地读一读，13年后到大黄石边找我。"侯留实拿来一看，是一卷《太公兵法》。正当侯留实百思不解时，有一个人向他奔来——两人同时发现，对方太像自己了。那人说他叫张良，此地是大秦之国土。侯留实听后一惊，自己大概做了时间旅行，得在这个时代待下去。这个张良向他打听一位老者，侯留实把刚才所遇讲了一遍，还把手中那卷兵书交给张良。张良弯腰长揖。

　　局长把黑格从盖世太保手中要来，让他去追杀一名叫侯留实的中国人。侯留实被空间能束发射到两千年前中国的秦代，他的举动会影响历史进程。局长要黑格用古代兵器杀人，而且不能杀掉任何在当时不该死的人，否则会产生不可估量的影响。

　　当侯留实再次站稳时，环境又变了。他来到一座大帐前，一名武士把他当作张良，请进了刘邦大营。刘邦要他帮助出主意，怎么对付项羽。这时，真张良来了。侯留实束手就擒。刘邦要把侯留实推出去砍了，张良念他有赠书之恩，将他收留下来。

　　黑格已经挑选好毒箭，只要侯留实一出张良的大帐，就要他的命。帐内，张良给侯留实松了绑。侯留实告诉张良，自己是两千年以后的人，还拿出那本《史记》，给张良看。张良读了《史记》，脸色发白，把侯留实看作上仙，要上仙救命。侯留实也摆出一副神秘的

样子。

　　大帐门口出来一个人，和侯留实长得一模一样，黑格一箭射中他的心窝。这时，又一个同样相貌的人从大帐中跑了出来。黑格才想起，万一杀错人，怎么办？卫兵四处搜索，黑格只得逃走。黑格用时间通话器向局长报告。局长听说行动失败，感到绝望。黑格想出另一个完美的计划，局长说："只能这样了。"

　　第二天，刘邦来到项羽的楚军大营，说要来领罪。项羽谋士范增主张杀刘邦，项羽说见见再说。刘邦进了大帐，竭力讨好项羽。项羽大喜，传令摆宴，与刘邦痛饮。范增见项羽不杀刘邦，走出大帐，遇见黑格。黑格自称是项羽的同乡项庄，范增要项庄去表演舞剑，找机会杀刘邦。黑格走进大帐，自称项庄，要给大王舞剑助兴。坐在项羽身边的项伯，说要与项庄共舞。

项庄与项伯对舞，一个要刺刘邦，一个要保护刘邦。座位上长得与张良一样的侯留实走出帐门，告诉了与刘邦同来的樊哙，说刘邦情况危急。樊哙闯进大帐。这时扮项庄的黑格举剑向刘邦刺去，被樊哙挡住。卫士冲上来，逮住了刺客黑格。

黑格被拉出去腰斩。当刽子手举起利斧，即将黑格上半身斩落尘埃时，黑格大脑中闪出一句话：帝国完蛋了！

《奇谈》，1990 年第 5 期，方人改编

"死者"的控诉

王泽明

京郊南路八号路口，一辆卡车轧死一名中年男人，尸体被医学研究所附属医院拉走了。

下午，在预审室里，司机述说着事情的经过，坚持说未闯红灯。录像机偏偏在那时候出了点毛病，司机是否闯红灯，没有证据。但第三交通中队队长李宽已从司机的眼神里看出了他隐藏着的真正的恐惧，可是没有证人。

李宽对此很是烦恼。正在此时，他接到从医学研究所附属医院打来的电话，医院正紧张地对上午拉来的尸体做头颅移植手术，现在，此人已会讲话，录像带已派人送来了。

李宽接完电话，继续审问司机："你不承认闯红灯，那就请看电视机屏幕。"

真怪，屏幕上出现了奇迹。只见在手术床上，一颗人头在血液

循环器供血的情况下，用低微的声音在说话，交通大队长和张教授在旁边倾听。

"机动车道，变红灯，我就过。左边，卡车没停，跑，来不及，往前跳，被轧……"

司机一见那人头，吓得面如土色，但又庆幸被轧者没看见自己，只要守住最后一道防线，吃几年官司也认了，于是他很不自然地承认闯了红灯。李宽此时也认为案子可以按违章行车造成恶性事故结案了。

不料3天后，李宽接到大队长的命令，要他再次提审肇事司机。在审问过程中，司机仍按3天前的口供叙述了一遍，没有新的内容。李宽看着司机镇静的脸："这只是你的一面之词，还需当面对质。请进！"

只见那位中年遇难者走进室内，冲着司机怒不可遏："原来是你！两年前你说过，非报仇不可。"

司机吓愣了，但他又坚信人不会死而复生，说此人不是他轧死的遇难者。李宽打开电视机，让司机注意看电视。

屏幕上，张教授坐在操作台前，在一张手术台上面有一颗中年遇难者的头颅和另一遇难者的躯体。张教授的眼睛对准手术放大镜，手按电钮，指挥机器人将人头的颈椎、气管、神经、血管等一一与另一个人的躯体连接起来，然后黏合表皮。

看完电视，司机连声说："我说，我全说。两年前，我们出租汽车公司二队事故多又亏钱，可我这个队长照拿奖金，甚至比司机拿得还多。后来公司搞优化组合，司机常欣当上队长，把我调去开车。我又恨又气，就琢磨着报仇……这回在郊区开车遇上红灯时，突然看到常欣在车前，不由怒上心头，踩了油门，把他轧死。"

至此，案子可以结了。这次事故不是违章行车，而是故意伤害。

《机器人"疯狂症"》，中国青年出版社，1990年5月，修棣改编

夜泊无名岛

孙幼忱

　　顺风号考察船在大西洋上航行了 21 天后，终于遇到了陆地。这是一个无名岛。岛上的高大建筑使我们目瞪口呆。顺风号抛了锚，船长让大家随便活动活动。

　　夜里，好奇心使我不能入睡。我打了一个背包，悄悄地划舢板到了岛上。岛上布满纵横交错的街道及石头建筑。在路的尽头，有一座金字塔形的建筑，高150多米，底边各200多米，从上到下分三层，有石头阶梯。我沿着阶梯上了中间一层。

　　从金字塔深处射出橘黄色的灯光，灯光每隔 10 分钟亮 10 秒。我走进拱门，是一个黑洞洞的大厅。在大厅中间有一个石雕巨人，在巨人背上的圆石上，有一个石头扳手。我双手握住扳手，使劲扳，还是扳不动，费了九牛二虎之力，才把扳手从一边移到另一边。"啪"的一响，水晶灯大放光明，大厅四周有 100 多个石人匍匐在地，我见了不知所措。

　　拱门那面的墙壁亮了起来，屏幕上出现一位和蔼可亲的老人。老人说："欢迎你——来自 9000 年以后的客人，我是幸福岛的法老……"老人还说，在岛的最高峰建造的这座建筑物，每隔 1000 年露出海面一天。老人还要我沿阶梯登上最高处。

　　我登上了金字塔最高处，从塔顶天窗爬出了金字塔，不知怎么我来到繁华的街市，见到很多女人匆忙走着。她们来到一个很大的广场，老老少少的女人把广场挤得水泄不通。有两个外星人分别操纵两台仪器，给排成长队的女人、女孩照射，经仪器照射的，终生只生男孩。

　　我眼前的景物像影片的快镜头：家家户户生的都是男孩，人们喜气洋洋，但是，渐渐地人们脸上开始笼罩着忧愁和惊恐。

　　大海边，苏曼与阿丽在谈心，阿丽说自己是女的，妈妈没让外星人仪器照过，才生下女孩，怕爸爸生气，她从小装扮成男的。苏曼听后便到阿丽家求婚。阿丽的父亲知道后，先是发怒，接着是惊喜。他把岛上唯一的女孩阿丽嫁给了法老的儿子。于是阿丽进了宫，被锁在顶楼上，苏曼把阿丽救了出来，乘了帆船飞驶而去。幸福岛上的最后一个女孩逃离了，岛上一片混乱。

　　景物突然不见了。我赶紧顺着石阶往下跑。经过中间大厅时，水晶灯炸裂了，整座海岛晃动起来，我只得跳进海里，潜水逃生。后来，我爬上了顺风号的甲板，回头望去，只见我刚离开的地方正是全岛的顶端，大股的浓烟，正从那里升起……

　　　　　　　　　　　　《少年科学》，1990 年第 12 期，方人改编

偷 渡

魏 欣

他们是一群地球的叛逃者。因为地球到处充满竞争，为了寻找世外桃源，他们乘坐飞船，逃向一颗具有高度文明的"阿希伯特"行星。

飞船很快降落了。乘员们惊喜地发现：这个星球温暖如春，城市整洁干净，丝毫没有工业污染的迹象……这一切都是地球所不能比拟的。

他们受到了出乎意料的热情欢迎。随着在这个行星上逗留时间的增长，这些地球人深感"阿希伯特"人的确在过着一种近乎天堂的生活。于是，他们向"阿希伯特"政府提出了定居的请求，不料立即获得同意，但必须答应"阿希伯特"人也可以到地球去定居。

"阿希伯特"政府官员说："我们这里确实已经达到了一种完美，可是人们早已失去了生活目标。这里80％的人都患有严重的厌世症，而医学对此无能为力。你们在各地所做的报告，使我们的民众们对地球十分向往，要求移民地球的请愿书像雪片一样飞来。"

飞船指令长接受了陪同"阿希伯特"政府代表飞回地球进行谈判的建议，但必须在地球人住满半年之后进行。

半年之后，指令长陪同"阿希伯特"政府代表启程了。在飞船起飞后，指令长突然发现，半年前随他同来的地球人，一个不少地出现在面前，原来他们已不愿定居这里。

《机器人"疯狂症"》，中国青年出版社，1990 年 5 月，修棣改编

天无绝人之路

文建龙

地球上的人类自进入 21 世纪中叶以后，各种危机日益加深。每天，人们都可以看到各种灾难的报道。

从事科学研究 80 余年的周卓越教授，带着他的两名学生以及几个机器人，登上了 C—Ⅰ号半光速宇宙飞船驶向茫茫的太空，去寻找新的生存空间。

他们在太空中翱翔了 18 年，到过许多行星，都没有找到具备人类生存的条件。他们几乎要绝望了，突然计算机分析出离飞船 0.5 光年的正前方，有一颗类似地球的行星，于是他们满怀希望地向它飞去。

当飞船飞近这颗类地行星时，发现它元素含量不太正常。行星表面的放射性元素含量较地球表面的放射性含量高 1000 多万倍！于是，他们在类地行星上空分析大气成分：含氧量 21.035%，含氮量 78.10%。接着，他们渐渐看清类地行星上蓝色的海以及曲折蜿蜒的山脉和河流。飞船靠近类地行星的表面，他们看见好的或破损的高大的建筑以及现代化的交通道路，就是看不见人或动物。

他们三人走下飞船，默默地走在一条宽阔的公路上，路旁都是白骨和破铜烂铁，行星上的任何东西都被放射性元素污染了。忽然，他们在一具骷髅边发现了一张像纸似的东西，上面有密密麻麻的字迹，骷髅右手骨下面，还有一支怪模怪样的笔。

周教授让机器人先把这骷髅连它下面的泥土都搬到飞船里去，有时间再慢慢地研究。

对骷髅和纸片经过一番苦心的研究后，周教授断定，这是类地行

星上最后死去的人。他写这些字只是为了控诉核战争的罪恶。

飞船在太空中又飞了一年。一天，他们奇迹般地发现在右前方，有近 100 艘宇宙飞船向他们径直飞来。"啊，外星人，外星人！"周教授命令机器人放中国名曲《春江花月夜》和贝多芬的《田园交响曲》。

不多久，他们看见对方在向他们欢呼，双方会合了。对方飞船里过来一位老者，他的面目特征和体型同地球人几乎一样。他对周教授说："你好！你们是中国人，中国人！我到过地球，到过你们中国。我会汉语，我有一个汉语名字：郭杰。"

原来，郭杰就是那颗类地行星上的人。周教授把那张纸片给郭杰看。郭杰一看，不由得热泪盈眶。他用汉语念起来："我叫玛格西蒙利，251 岁。今天，莎格列族和盎地那族为了抢夺资源，双方动用了核武器。一时间，到处都是升腾的蘑菇云，许多人还没来得及叫一声便丧生了。我在实验室里，借用最先进的工具保护自己，冲出实验室不久就倒下了。"

周教授命令机器人将那具骷髅和泥土送还给郭杰他们。郭杰等都痛哭起来。

许久以前，郭杰带了几个学生到地球考察，他们为地球上的人口、环境等问题万分痛心。本来想把星球上的人迁一部分到地球上生活，但想了想不成，因为地球人也需要生存空间。现在，他们在太空中寻找了 50 多年，一直没有找到生存空间，还得继续寻找。郭杰说："天无绝人之路，这是肯定的。"

C—Ⅰ号半光速宇宙飞船在太空中翱翔着，希望着。又一年过去了，周卓越教授举目望着浩瀚无垠的太空，突然想起郭杰的话："天无绝人之路，这是肯定的。"

《科普创作》，1990 年第 3 期，李正兴改编

目　击

吴　岩

　　他从昏迷中渐渐苏醒过来。满地粉碎的残片告诉他，他驾驶的飞船爆炸了。他再也无法回到轨道上停泊着的母船上，而这也意味着，他再也无法回到遥远的地球故乡了。

　　大概两星期之前，他们发现了这颗小行星。它围绕一个双星系统运动，而且可以肯定，这双星系之内只有这么一颗沙子似的行星。于是他决定来一趟。

　　他躺在那儿略略环顾了一下。这小小的星球直径不超过20千米。它像太空中几万亿颗同样的固体星球一样没有什么特殊之处，只有那些柱子，布满这颗星球的表面，每500平方米内肯定有一根那种黑色的柱子。

　　他转动脑袋，发现在离他不到10米远的地方，有一根漆黑的、大约3.5米高、一棵树那么粗、雕刻着无法理解的花纹的柱子。他肯定这种奇怪的柱子是人工造物，是一种宗教物，像是图腾。现在他整个下身无法活动，更重要的是，氧气总会用完，面向母船报信用的无线电发射器的电池箱已被摔坏，他不会再活多久了。忽然，他听见了安装在他太空服外层的盖革计数器发出的声音。

　　辐射！此时他猛然想起在母船上时，有人告诉他，这颗小星球内部有一块测不清大小的放射性内核，说不定哪一天，它会像原子弹一样炸开的。接着他又发现了新的奇迹，就在他前方不远的地平线上，有一层朦胧的蓝色光带，就像日出时地球边缘的那种光带。天哪，那是什么？他终于弄明白了一切，那就是这蒺藜星日夜朝拜着的巨大的双星系统中的一颗，就是年纪轻些的蓝色恒星。它正爬

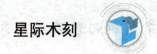

上蒺藜星的地平线，在加速热核反应，伸出弧状火舌。

　　计数器的声音随着蓝色星球的上升逐渐加强，现在几乎成了哨音。地心深处，加速移动着的中子在猛烈地击打原子核，总有一个时刻，当蓝太阳的能量达到足够的强度，蒺藜星中的链式反应将超过特殊临界，于是，"轰隆"一声，一了百了。

　　压在头盔玻璃罩中的液晶温度显示器正在跳跃变换着读数，他知道自己会在高温激发下的核爆炸中丧生。"也许在这奇异的图腾柱下能得到超生。"他又产生了新的思维。反正我也要离开这个世界，不如去朝拜一下图腾柱。

　　他艰难地拖着半个不听使唤的身体前进，几次昏迷不醒之后，终于触到了巨大浑圆的黑色石柱。蓦地，他发现身体下面的土地颤动了起来，就像是有什么奇异的机器在星球内部开动了，所有分布在这颗小小行星上的图腾柱现在都活动了起来。很快柱子越变越短，逐步向地面缩了进去。5分钟后，他身旁的柱子不见了，最让他吃惊的是，随着"隆隆"声结束，他发现盖革计数器的尖厉长音也稀疏了。

　　他忽然大笑起来："我不会死了，还能回到地球故乡。"那图腾石柱，实际上是类似石墨、重水的减速剂，它插进星球内部，吸收掉过量中子，阻止链式反应剧烈进行。由于图腾柱的消失，整个星球表面将发生很大变化，这变化绝逃不脱太空母船上连接着精密计算机的望远镜，然后……他在笑声中昏迷过去。

《科普创作》，1990年第1期，修棣改编

雨夜来客

吴 岩

在一个雷鸣电闪之夜，来了一位身穿黑雨衣、戴墨镜和大口罩的男人。他毫不客气，不脱雨衣、不摘口罩就坐在沙发上。

"您就是写《人之进化》那部科学幻想小说的作家吴岩吗？"想来对方是位读者。我那部小说写的是一个中国人怎样千方百计改变自己的外貌以获准出国的事。

来人突然说："我得使您吃惊了，这种改变外貌的技术确实存在，不信请看！"他摘下眼镜、口罩和雨帽，我面前坐着的是一个金头发、蓝眼珠的欧洲男子。

"您别认为我是外国人，我真的是中国人！"

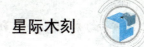

"可这一切是怎么完成的？"我问。

"您的作品里说要经过做多少次手术，实际上这完全是另一套生物技术。显然使骨骼发生改变是不现实的，可肌肉、脂肪和皮下组织的分布是可以改变的，用一种具有指示对位性能的生物制剂，就可以加高额部和颧骨的组织，你的眼窝就相对'陷'了下去……至于改变头发和眼睛的颜色，那就要靠一些改变细胞色素的方法……"

"那么，你找我有什么事？"我喃喃地问。

"回报您呀！"他带着感激的微笑回答，"我是从您的小说中受到启发，觉得改变我出国无门处境的唯一办法是改变外貌。所以我到处打听，终于获悉某科研机构要进行这种人体试验。我是个幸运儿，因为我是第一个试验者，免去了费用……我得走了，我一直梦想着出国，现在总算抓住了机会。"

看着他离去，我的心中一阵惆怅。这是讴歌科学带来的奇迹，还是慨叹世风对科学成果的亵渎？

《机器人"疯狂症"》，中国青年出版社，1990 年 5 月，修棣改编

博物馆中的奇闻

吴 岩

6 月里，博物馆出了件怪事。有好几夜，邻近的居民都被突然间的巨响惊醒。警察在博物馆的四周埋伏了好几个昼夜，却一无所获。有人说他们在夜里看到博物馆里有蓝色的闪光，可经过调查，没有任何展品受到破坏，整座建筑物也完好无损。

博物馆里出了什么"鬼"呢？退休警察马思协从记者报道事件

的照片中，发现不少展品移动了位置。他决定亲自出马，去做一番调查。

第二天，博物馆临近闭馆时，马思协到各展厅兜了一圈，在每个角落留下了一些黑色的小豆豆。晚上看电视时，他坐在椅子上打起了盹。直到凌晨两点，闹钟叫醒了他。

马思协急忙在电视机的天线上接上了一只小盒子。顿时，电视屏幕上出现了博物馆展厅中的画面。原来，他留在那儿的小豆豆是些微粒状的无线摄像机。马思协来回按动电钮，轮番审视着展厅中的情况。展厅里光线很暗，他必须用红外光热成像技术拍摄。

忽然，珍宝馆中出现了一种奇异的亮光。在屏幕上，马思协看到安装在珍宝馆进口处的那面一人高的镜子，正在熠熠闪亮。随着一声巨响，镜子发出的蓝光明亮刺眼，一团烟雾破镜而出，一个奇异的软体生物爬了出来。这生物有好多触手，能随时伸缩。这家伙全身的任何一部分也可以随时变成触手。只见它快速"滑"到大厅中央的珍宝盒前，伸出触手，足有3厘米厚的玻璃盒顿时碎了。它开始"研究"文物了。

马思协万万没有想到，镜子里竟是灿烂星空，那是通往太空的秘密之门。他跌跌撞撞走向电话，拨起警察局的电话号码……可是，他的手突然停住了，一个声音突然响起："请放下电话！"他猛地抬起头，软体生物正张牙舞爪地恐吓他。

"今天是我对地球的最后一次考察。你打电话也没用。你们拥有的科学技术是抓不到我的。"声音又在脑海中响起，"我劝你马上睡觉，早晨你会发现博物馆中一切依旧。"

马思协果然沉沉地睡了。第二天上午，他醒了过来，却再也想不起昨夜发生的事。他与许多和外星人有接触的人一样，已无法记清自己的这一段经历。

《少年科学画报》，1990年第9期，肖明改编

"美的梦"

须一心

广厦公司宣布推出一种叫"美的梦"的最新电脑玩具。它能让人在睡眠时进入最美好的梦境。公司为了证明产品的优越，征招了3名少年作为第一批试用者——因为孩子最爱做美梦。最后，非洲的艾莉、美洲的乔比和亚洲的刘嘉思入选。

在环球大酒家的一个房间里，"美的梦"发明人李智慧女士对3个孩子说："你们喜欢做梦吗？"乔比说，不喜欢，因为老做噩梦。刘嘉思喜欢做梦，而且常常梦见上天入海。而艾莉则喜欢好梦，不喜欢噩梦。当李女士再次问他们想做什么梦时，乔比说希望成为大企业家，刘嘉思希望回到田园老家，艾莉则希望不挨饿。于是，李女士安排乔比去参观银行，叫刘嘉思去看电影，让艾莉饱餐一顿。

晚上，3个孩子被分别带进3间卧室，枕边各放着一台"美的梦"。他们戴上"触板"很快入梦了。

在另一个房间里，人们正在监视3个电视屏幕，"触板"把3个孩子的梦显示在屏幕上：乔比成了大亨，在打网球；刘嘉思回到家乡宝岛，那里百花盛开；艾莉走进餐厅，面前是丰盛的食物……

3个孩子成了广厦公司的小贵客，他们各得到一台"美的梦"礼物。可是，刘嘉思和乔比想，梦毕竟是梦，艾莉回去还是得挨饿呀。李女士解释说："人有三分之一的时间在睡眠中度过，'美的梦'毕竟可以让人们享受美好的三分之一的生命啊！"

刘嘉思总想利用"美的梦"来帮助艾莉解脱困境，他对李女士说："让艾莉和我们同做一个梦吧！"李女士同意："行，只要加一条连线就行。"

当晚，在一个大房间里，3张床上分别躺着3个孩子，当"触板"把他们催入梦乡后，监视屏幕上出现了一幅清晰的画画：艾莉成了儿童时装模特儿，她的照片印在饼干盒上、出现在画板上……

3个孩子同时从梦中笑醒了。很快，艾莉的梦变成了现实，她的形象通过屏幕传到千家万户，她出名了，许多公司聘请她当模特儿。她不再挨饿了。

《我们爱科学》，1990年第5、第6期，文宏改编

铁面无私

央 泽

全国机械零部件产品展销会每年都搞，历年历届还形成个不成文的规矩：产品厂家必向订货厂家馈赠大会纪念品。结果是谁赠的东西贵重，谁的产品就销得多。

今年事出意外，开幕式上红星厂采购员王司，竟当场拒收馈赠。红光厂长白天碰了钉子，他寄希望于夜间行动。

王司指着前来送馈赠的红光厂长说："告诉你，我认货不认人！"厂长又掏出一沓钞票放在王司面前。谁知王司大声说："滚！"

红光厂长木然，真诚地说："佩服。如果您愿意，我高薪聘您到我们厂去任业务科长。不瞒你说，去年我厂业务人员由于受了人家请送，竟购进一批掺假原料，使工厂损失数万元。如果由您这样的人担以重任，绝不会有这种事情发生！"

"我无法接受您的要求！"王司说，"往年红星厂业务员也收受了人家送的礼，购进大批不合格产品，使工厂连年蒙受重大损失。厂长为此集中全厂科研力量，实现由机器人办业务的夙愿。"

"怎么？您是机器人？"红光厂长吃惊地问。"是的，我只能

机械地去做事，任何人都拉不上我的关系。"红光厂长拍案叫绝，他决心在厂内有关科室也一律配上这种忠于职守的机器人。

《机器人"疯狂症"》，中国青年出版社，1990年5月，修棣改编

有些事是不必知道的

营　莹

自习课上，妮娜悄悄地拿出一个爸爸新研制的思维探测器，它可以收集到人思维时产生的信号波，并通过微型电脑翻译出来。她打开开关，开始测试。

探测器的屏幕上出现了一幅画面，这是晓秋的思维。此时她正在想什么呢？画面上是一个白发苍苍的老奶奶，接着屏幕上打出了字幕："奶奶，你就这么匆匆地离我而去了，我不该惹你生气，我真想弥补我的过失，可是再也没有机会了！"想不到晓秋心中竟有这么多的悲伤和无奈，妮娜深深地同情她。

下一个是江山，这是一个沉默的男孩儿，妮娜平时很钦佩他的才气。画面上有一座小小的塑像，"咦，这不是我吗？"她很诧异，再看字幕上写着："妮娜，你会不会想到此时此刻你正闪现在我的脑海里。明年这个时候，我们就将天各一方了。那个时候，不论你是否记得我，我都不会忘记你。你将成为我的秘密，深深地埋在心里。"看到这里，妮娜被深深地感动了，开始为自己的行为羞愧。她心想每个人都有自己的秘密，我不该偷偷地窥视别人的内心世界。

回到家，她对爸爸说："你那个探测器实在不是好东西！"爸爸很惊异："嗨，那是我为公安机关设计的专门用于侦破工作的，谁叫你去乱用？人的内心世界就像是一本日记，你是不可以随意乱翻的。再说，你要学会用自己的眼睛去认识世界，否则，你可要退

化了！"妮娜说："我明白了，有些事要用自己的眼睛去观察，而有些事是不必知道的，对吗？"

《机器人"疯狂症"》，中国青年出版社，1990 年 5 月，修槺改编

多眼人

余俊雄

A 市大街上，交通事故数量直线上升。交通安全部门特地请专家来制定一个对策。为此，先为大家放了几段录像：

一辆小轿车偏离马路，冲入人行道。行人甲没有看到身后这一

切，倒在车下。

马路上一个下水道盖被掀开了。行人乙为了躲一辆横冲直撞的自行车，急忙后退……

丁博士看完录像，突然来了灵感，发现产生事故的重要原因是：人的后脑勺没有长眼睛。

到了对策研讨会那天，丁博士发表了自己的意见，与会者不少人表示赞成。于是，交通安全部门责成他抓紧研制第三只眼——当然是人造眼。

研制工作进行得十分顺利，难关一个个被突破，最后他成功地用人造视神经接通了水晶体和视网膜。

经过临床试验，效果良好。很快，人造第三眼纷纷装在了人们的脑后。市民都变成了三眼人，丁博士本人也不例外。

此后，A市交通事故果然有所减少，但是丁博士不满足于眼前的成绩，他又在试制第四眼、第五眼、第六眼……在有关部门大力宣传鼓动下，A市市民几乎都成了多眼人。人人无名指上装着"指眼"，可以伸入诸如管道、洞穴之类狭窄处窥探；人人脚踝装上"脚眼"，走路再也不怕坎坷了；"胸眼"的功能也不少，有了它，再也不必担心小偷光顾口袋了……

然而，博士渐渐地发现自己陷入了困境。学校向教育领导部门投诉：由于有了"指眼"，学生考试作弊成风。最令博士难堪的是，检察部门对他的"侵犯隐私权"的发明进行调查。人们生活在多眼人社会中，已无"私"可"隐"。

丁博士终于叹服古老哲学的先见之明，人是大自然完美的艺术品。谁叫自己多此一举呢？！

《机器人"疯狂症"》，中国青年出版社，1990年5月，修棣改编

消失在历史的长河中

张 波

刘炳属于这么一种人：好冲动，与邻里和同事总是相处不好，可他又那么能干，有过各种离奇而令人惊叹的发明。对于刘炳的高智商，医生们表示惊叹，但又指出，他患有轻度狂暴型精神病。导致刘炳这种孤僻的性格是他不幸的童年，酒鬼父亲经常打骂他和他的母亲，因此他最恨他的父亲。

一天，刘炳冲出实验室，激动地告诉妻子："我的超时空穿梭机发明成功了！"这是刘炳平生最得意的发明。超时空穿梭机可以纵横历史，但他怎知这架机器最终会使他送命。

刘炳为了想再次验证这架机器的功能，便走进机舱沉着地调试着一根标着各个年代的操纵杆，随心所欲地在从古至今的各个时代里巡游。他费尽口舌给诸葛亮讲述天气预测的原理，又花了很大的气力教会原始人生火……在复活节岛上，刘炳为一对土著青年的结合祝福，当新婚夫妇把鱼骨项链套在他脖子上时，刘炳忽然想到他父母的婚礼上去看看……

在他父母的婚宴上，30年后的刘炳躲在宾客中。刘炳的爸爸又喝得酩酊大醉，新婚妻子还没劝上两句，这个酒徒劈面打了她一记耳光。刘炳见母亲嘴角流血，顿时怒不可遏，狂暴地抡起一个酒瓶猛击父亲头部，他的父亲顿时倒在自己亲生儿子的脚边。突然，刘炳痛苦地大叫一声，变得面无人色，踉踉跄跄地跑进超时空穿梭机，很快他的身体慢慢变得稀薄，像一团蒸汽逐渐消散，那架机器也化为一团烟气。

这场灾变是怎么回事呢？原来刘炳在父母生下自己之前就杀了

生父，那么他就不应该也不可能存在；既然刘炳不存在，他所研制的那架时空机，当然也不可能存在。

更令人惊奇的是，他的妻子去刘炳的研究所反映情况时，所长说他们单位从未有过刘炳这个人。后又去刘炳老家的公安局查询，却查到一则记录：刘××(这是刘炳生父名字)……于2757年在自己的婚礼上被一个不明身份的人殴毙，凶手至今未抓获……其妻无遗腹子，于次年改嫁……

刘炳这个怪杰，他想改变历史，却悲惨地消失在历史的长河之中。

《机器人"疯狂症"》，1990年5月，修棣改编

划时代发明的悲剧

张 欢

这天，全国各大报纸的头版都刊登了题为《心理活动推测仪——人类新纪元的开始》的长文。文章详细介绍了该仪器的研究过程以及研究人员的奋斗经历。该仪器的发明者胡天，讲述了心理探测仪的原理：原来，人脑在进行思维的时候，会产生一种波，称之为脑波。脑波像声波一样，也会在空气中传播。不同的思维方式和内容，会产生不同的脑波。现在我们把人工智能的电子计算机和能捕捉脑波的收波系统结合起来，用几十个符号的不同组合形式代表各种意见，显示脑波反映的内容，每个人就可以像读小说一样读懂他人的思维活动了。

据有关部门研究指出：心理探测仪的出现，结束了人类渴求心与心相通又不能彼此理解的历史。在不久的将来，生活和工作中都将使用该仪器。工作人员之间将达到高度的默契；售货员可以很恰

当地向顾客推荐商品；老师能很容易地向学生授课；家长与子女也不再有代沟相隔……一切尽在不言之中，另一个崭新的时代到来了。

然而，一件件意想不到的事情发生了。

一位被誉为"心灵之神"的心理学权威自焚而死。他在遗书中写道："我经过几十年的潜心研究，才对人们的心理略知皮毛。但是，现在这个世界用不着我了。"

摩天大楼的顶楼上，一个男子在狂呼大笑："你知道我是什么？是个废物。我写了15年的书，我的心血，没用了，没用了！"他从楼顶一跃而下。

事态不断恶化。一批杰出的翻译家和外交家，也死的死，疯的疯。因为他们都认为自己生存在这个世界上已没有价值了。

与此同时，有关部门收到了大量的抗议信。

教师们说："有了'心理探测仪'，我们怎么进行考试呀？学生们都可以知道答案了。"

青年们说："在恋爱中，使用'心理探测仪'固然可以减少婚姻失败率，然而那种心心相印的神秘感再也没有了！"

孩子们呼吁："请给我们心中留一块绿地吧！"

一位批评家指出："这是在满足了人们私欲的同时，破坏了人们的隐私权，实际上反而使心理发展不平衡。"

过了一段时间，报上登了一条短讯："'心理探测仪'因某种原因被禁止大批生产使用。"

渐渐地，人们又开始了正常的生活，不断猜疑，也不断地呼唤："理解万岁！"

《科普创作》，1990年第4期，李正兴改编

渤海救难

张 洁　李 净

我是个大海迷，为了一饱眼福，由北京到渤海湾舅舅家度寒假。我舅舅是渤海城海洋工程研究所所长，整天与大海打交道。2月的一天，舅舅接到一个电话，叫他速去渤海港抢救一艘被流冰划破的日本油轮。我知道后立即要求带我同去。舅舅迟疑了一下，同意带我去。我高兴得一蹦老高。

我们一行五人，乘上小艇以最快速度赶到横卧在海上的油轮旁，只见靠水面处有一股黑褐色的液体正向外喷溢，海面上已经漂浮着一大片油膜，油面还在迅猛扩大。

船长田中一脸愁容地来到艇上，要求舅舅务必费心，多多关照。潜水员从海水里上来，报告了油轮破损的方位和情况。舅舅与助手小张立即实施抢救。只见小张熟练地抱起高压喷射器，对准喷油的裂缝处猛烈地扫射。

田中指着那射出的黄色稠浆，疑惑地问："王所长，请问这是什么东西？"舅舅介绍说："这是我们新近研制的钢化塑料，是专门用于封堵船漏的。它在真空中是液体，遇到空气即刻变得如钢铁般坚实。"

这个办法果然灵验，说话间船的裂缝已被完好地补上，油立刻停止外溢。田中船长惊喜地挑起大拇指说："中国人，好样的！"忽然，他又转喜为忧地说："这油污染了贵国的海域，我——"舅舅说："我们已经掌握了快速除污的技术，请放心吧！"

舅舅示意小张把粥状物泼洒在油污的海面上。奇怪的是这东西在油面上迅速扩大，专向油污的地方跑。很快，粥状物覆盖了整个被油污污染过的海面，然后就开始"集合"浓缩，渐渐地变成一个个圆球，继而又相互滚动结合，很快堆积成一座漂浮在海面的小丘，而那些油污却一点儿也不见了，大海恢复了那湛蓝的本色。田中和船员们个个目瞪口呆。

舅舅笑着说："这是一种食油微生物，繁殖速度极快，其数量在一秒钟内能增加几亿倍，方才海面上的油污全都被它们吃光了。"田中听完如释重负，万分激动地抓住舅舅的手说："真是太感谢了，太感谢了。"

汽笛长鸣一声，油轮启航了，田中依依不舍，挥手道别！

《机器人"疯狂症"》，中国青年出版社，1990年5月，修棣改编

垂死者

张立宪

病变细胞自测仪明白无误地告诉了他，癌细胞已扩散到五脏六腑，使他不得不接受死期将至这一残酷的事实。

局长来看他，他毫不掩饰地告诉局长：以前对他的奉承都是言不由衷的，是违心地讨好。局长尴尬地走了。

朋友来看他。他终于鼓足勇气向朋友说出了从前做的那件对不起他的事。朋友听了他的忏悔，一丝不悦掠过眼神。

她也来了。那个他一直深爱着，却又从未向她流露过的女人，现在，他终于向她说出了这一切。她眼里涌出了泪水："为什么我们彼此相爱，却不能结合。"她慢慢地走出门去。

病房中只剩下他一个人。他开始给妻子写遗书。直到死他才能对她说出："我不爱你"，而这种痛苦折磨了他一生。如果不是死期将至，他还会忍下去。他又为她爱了自己一辈子而表示歉疚。

门开了，他的妻子进来了，他把那份遗书递给了她，叫她在他死后再打开看。妻子笑了："告诉你，你会得救的。上午的新闻报道说，法国一家医学院已研制出一种抗生素，能抑制并消除癌细胞，经临床应用，首批千余名接受试验治疗的癌症患者已经全部治愈。"

医生走了进来说："给你们带来一个喜讯，法国医学科学院已经把治疗癌症的特效药，通过医疗电脑系统传到了全世界，你得救了。"

他苦笑了一下。妻子高兴地说："看你，还写遗书。我看看你写的什么？"

他想阻止，已来不及了。他内心深处发出一声呻吟：继续活下去，将如何面对人生？

《机器人"疯狂症"》，中国青年出版社，1990年5月，修棣改编

轮流呼吸

张 木

张文是专门研究动物呼吸的科学家。有一项奇怪的课题，他研究了10年，却没有一丁点儿成果面世。他的学问没法让人信服。听说他回老家种地去了，他的研究倒没中断。

又过了20年，人们发现，过去随和的张文变得急躁易怒；至

于为什么，没有人说得清楚。

B 城的科学家们又碰头了。与会者把会议作为一桩不得不办的例行公事。这当口，张文来了。这时已没有人认识他，计算起来，张文早就年逾花甲，可眼前这位也就 30 出头。张文说，这是因为他比同龄人少呼吸了 15 年。

"现在人口越来越多，吃饭快成问题了，再过 50 年，连氧气都要定量供应了。我研究的课题是'轮流呼吸'。"张文说。

他的话音一落，就有人发问："人不呼吸也能活着？"于是张文请来他的合作者生物学教授和他的助手，他们展示了张文休眠了 15 年的各种实验资料和数据。原来张文找到了人体的休眠穴位。他自愿做试验对象。当 15 根银针刺入这些穴位后，他就渐渐进入休眠状态，呼吸也慢慢停止。只要生物学教授定期捻捻银针，他就可以永远地休眠下去。

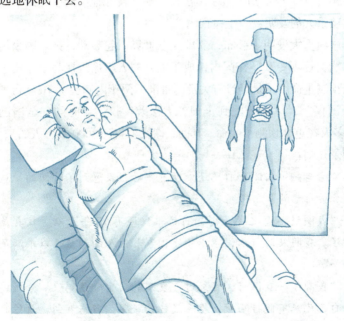

科学家们谁也不愿意接受"轮流呼吸"这种建议，但又无法应付缺氧危机。一年后，联合国终于通过了"人类轮流呼吸"法案，规定全世界公民每人一生停止呼吸时间不得少于30年。唯一例外的是张文。因为他又有了一项新的关于呼吸的科研工作。他的课题是"无氧呼吸"。

他又该去种地了，因为又没有人相信他了。

《机器人"疯狂症"》，中国青年出版社，1990年5月，修棣改编

预测生命

张青山

20年了，也不知失败了多少次，徐教授和他的助手们终于完成了这项重大的发明："生命预测仪"。

这项重大发明一公布，立即在全世界引起轰动，许多国家纷纷要求购买这项专利。在国内，成千上万的人给徐教授写信，要求给自己预测生命。于是经过有关部门批准，两年内制造了1000台"生命预测仪"，逐渐分配到全国各大医院。仅1年时间，全国已有2亿多人花重金预测了生命。其间，徐教授收到8000多万人的来信。现摘录几则：

"徐老……当测知自己还能活5年后，我感到了时间的紧迫，必须加紧自己的课题研究……"

"我刚过不惑之年，得知自己仅仅还有15年生命，我真是悲哀极了。我将及时行乐，不惜损害国家和他人的利益，以求满足自己……"

"我身体一直很好，可经过您发明的'生命预测仪'分析，我得知自己已患有隐性血癌，至多还能活1年；当您看到这封信时，

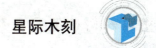

我已不在人世……"

不久，发生了两件意想不到的事情：

其一，公安部门对他提出警告，要他立即声明"'生命预测仪'是不科学的，是个误会……（这简直是要他承认自己的科研成果是个骗局）"。公安部门的理由是：很多罪犯声称，是测知自己生命长短之后，才干出蠢事的。

其二，保险公司纷纷向法院提出起诉，说许多人在生命的最后几个月里，向保险公司投了人身保险，保险公司因此支付了巨额保险金。保险公司要求，这笔巨款应由徐教授来赔偿。

《机器人"疯狂症"》，中国青年出版社，1990年5月，修棣改编

乞丐与大亨

张昭强

约翰和罗莎是一对情侣。刚用完晚餐，约翰顺手打开电视机。"DS电视台，现在开始试播……"一阵急促的敲门声之后，走进来的是一个老乞丐。"行行好，行行好。"罗莎朝老人兜头泼了半杯剩牛奶，约翰把老人推出门，一转身，门铃又响了。

老乞丐又走了进来，突然抖落褴褛的衣衫，变成神气十足的大亨。他用纯金手杖点着罗莎说："我是你的亲生父亲。"罗莎做梦也没有想到会有一个大亨来认她为女儿，便坚决地答应道："我是您的女儿。"

大亨激动得脸色惨白："我将不久于人世了。"他从斗篷里拿出一只镶满翡翠、玛瑙、钻石的纯金匣子。他打开匣子，"这里有两张支票，金额足以买下两块像埃及那么大的土地。如果你们真心相爱，就平分给你们。"

　　"呸，鬼才爱他！"罗莎指着约翰说。

　　"她怀孕了，我爱她。"约翰对大亨说。

　　"扯谎，没孩子。"罗莎抡起椅子打在约翰头上。约翰举起收录机砸在罗莎的胸口上。两人大打出手，凡拿得动的东西全打成了碎片。

　　大亨突然说："别打了，我的财产不能再留给我的'女儿'。原因吗？请看电视节目。"

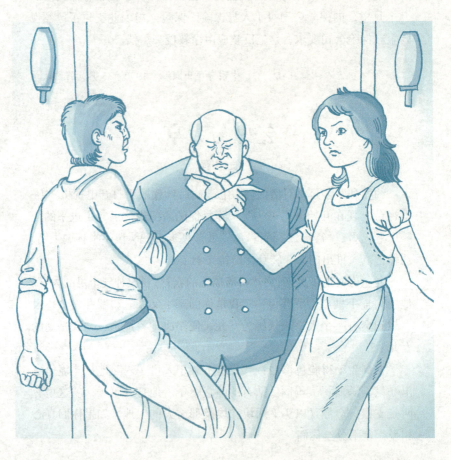

电视屏幕里女播音员说："刚才试播 30 分钟双通路信息反馈全息电视节目'乞丐与大亨'，本节目现在播放结束。"

随着电视信号的结束，大亨也立刻影像全无了。然而，这座城市的千百万个家庭却不得安宁了。

《机器人"疯狂症"》，中国青年出版社，1990 年 5 月，修棣改编

小　人

张星华

星期天，我去找博清。他举起一个小玻璃瓶让我仔细看，可里面除了一小滴水什么也没有。他拿出一个高倍数的放大镜，对准了那滴水让我再看。啊，我看到了 4 个穿太空服的小人和一艘像飞碟似的飞船；小人们在探头探脑，好像是飞船坏了。

"该和他们谈谈，我去弄缩小液。"博清说。那是他的叔叔前不久才研制成功的新产品，博清打算偷来试试。

两个多小时以后，博清拿着药和喷雾器回来了。我们两个从头到脚喷了个遍，一下子都变成草履虫那么大了。我们快步朝那个"巨瓶"跑去。水滴变成了"大海"，我和博清靠着一根长皮管向飞船靠近。飞船已坏得不成样子，4 个人都死了。博清拉起我就朝瓶外跑。刚爬出瓶子，我俩又开始变大。

"这是什么？"我惊奇地看着那个和我们一起变大的盒子，它从博清的兜里掉到地上。这是博清在飞船里捡的，打开盒子一看，里面有枪、头盔，还有一封信。

这是另一个星球上的"小人"朋友写给地球上的"大人"们的信。信中说："我们冒着生命危险来到你们的领地，只为追捕一个罪大恶极的'小人'，他叫'不若什'，是个杀人狂。现在他已潜入地球，

就要开始屠杀地球人了。只要他驾驶的飞船进入你们的身体，你们的生命就结束了。我们发誓要严惩这个坏蛋，但我们的飞船反被他击毁了。我们已无力完成使命，只好留给你们这些能制服他的武器。那只头盔可以让你们发现那只罪恶的飞船和一个闪烁的亮点，请用枪瞄准他，消灭他。"

我始终不懈地寻找着这一目标。博清的叔叔总奇怪我为什么老戴个漂亮的头盔。就在他的实验室里，我意外地发现了一个星星似的亮点，他被关在一个小玻璃瓶里。趁人不注意，我用枪对准了那

罪恶的"星"，随着一道闪光，"星"消失了。

晚上，博清告诉我，他叔叔说有人送来让他鉴定的一个"小东西"不见了；那东西本来装在一个玻璃瓶里……

《少年科学画报》，1990 年第 8 期，肖明改编

寻找垃圾场

—— 一个外星人的日记

张雪松

××××年10月2日

或许我们星球的空气太纯净了吧，刚到地球上，我眼前总是一片灰色。地球的人口密度太惊人了，绿色植物光合作用所产生的氧气已不大够用。情况竟会这样糟，自动测试显示屏上的一系列"毁灭"数据，高得惊人。

××××年10月3日

地球上的风沙太大了。一天的测试结束，地球已排在"垃圾场名单"的首位，各种污染的状况比我想象的严重得多。更令我惊奇的是，那些密密麻麻的地球人，仍不知疲倦地劳动着，他们能在不停的劳动中获得乐趣，我真羡慕他们。因为我们的许多仪器是用意念来控制的，我们的双手已经有些退化。

××××年10月4日

这些年来，地球也向空中发展了。但他们似乎置地面的糟糕状况于不顾，这样，即使空中有了发展，也没有太大的意义。

我们曾想帮地球的忙，但又不敢轻易去接近它。因为我们担心

会引起地球人的误会。

××××年10月5日

我将飞往另一星球。我今天进行了计算，如按现在的状况发展下去，地球的寿命将不会超过1000地球年。那时，我们正有一批垃圾要处理……

地球的音乐真美，但愿音乐不会消失，生命不会消失。

再见吧，地球。

《机器人"疯狂症"》，中国青年出版社，1990年5月，修棣改编

"分子距离调节器"新闻发布纪要

赵明大

时间：2000年2月2日下午2时。地点：科技新闻大楼222房间。新闻发布人：科技新闻司司长柯涣博士、花果山研究所所长孙侯教授。到会人员：中外记者100多人，卫星实况转播。

柯涣：下面请孙侯教授公布他取得的最新科技成果。

孙侯：我的发明是分子距离调节器，简称NDC。它能调节分子间距离，使物体形状发生变化。下面我向各位记者演示它的功能。

这时，孙教授从耳内取出一枚绣花针放在桌上，启动NDC，绣花针变成金属棒。再启动NDC，金属棒又变成绣花针。（热烈掌声）

孙侯：NDC用途很广，它可调节塔身高度，把卫星送入轨通，也可把正在轨道上运行的卫星收回来。利用NDC可以捕获间谍卫星，还可使癌块体积缩小，阻止癌细胞的反常增长。

柯涣：我刚收到一份电报，电文如下："我身高1.80米，而我丈夫只有1.65米，能否利用NDC，让我丈夫长高些？"（全场笑声）

孙侯：应用 NDC 调控人体的研究工作，已进入动物试验阶段，取得了令人满意的成果。

《科学报》记者：孙教授，请谈谈 NDC 的工作原理。

孙侯：NDC 装置能向分子发送一种经过特殊编码的电磁信息，使分子改变运动状态。当分子状态改变，使分子间引力加大，物体体积就缩小；相反，分子间斥力加大，物体体积就增大。

《少年报》记者：孙教授，您是如何想起研究这个课题的？

孙侯：在少年时代，我看了电视连续剧《西游记》以后，就幻想制作一根能伸能缩的金箍棒。

柯涣：科技新闻发布会到此结束。

《机器人"疯狂症"》，中国青年出版社，1990 年 5 月，修棣改编

可怜的祖先

周　密

在人脑研究中心的试验室里，两位 18 岁的脑科学研究博士小欣和小州，正在研制第一台人脑密码破译器。几个星期后，终于研制成功。这台破译器可直接取出人脑中的记忆细胞进行全息破译，直接在屏幕上显示出人脑细胞所贮存的信息。

第一个测试的脑标本具有极其重大的意义，小州已经在电脑中查找了很长时间。忽地，她的眼睛一亮，屏幕上显示出"1013 号，1988 年 8 月 8 日制作，是一名 18 岁自杀身亡的少女的脑。"

小欣和小州取出 1013 号标本，放在试验台上，两个人默契地忙了一阵，取出记录最后一段记忆的细胞，把它们固定在"破译器"上。

经过很长时间，屏幕上的图像终于变得清晰了，可是令人失望，只是有限的几本古代教科书。图像偶尔间断，出现几张嘴的特写，

说些诸如"考不上就没出路"这类莫名其妙的话。接着出现"录取通知书"，图像刹那间模糊起来。当图像再次清晰时，却清楚地看到是"遗书"两个字。

"活着真累，我走了……"一瓶药片，顷刻间……空瓶摔在地上，屏幕上异常平静，出现了一个斗大的字——悔。

"可怜的祖先"，但小欣和小州谁也没有说出来。

《机器人"疯狂症"》，中国青年出版社，1990 年 5 月，修棣改编

防盗剂

朱新望

两个星期以来，李教授绞尽脑汁，终于利用附近一家工厂的几种废液，配制出一种无色、无味、无毒、无害的新液体。这液体溶解力极强，任何物质接触到它，都会立刻在表面生成一种黏度很大的胶状物。胶状物极薄，却能阻止物体继续被溶蚀。可是，新液体能派什么用场呢？

半夜里，李教授被一阵响声惊醒了，但他仍然躺着没动。他不怕偷盗。他过去的发明奖金和专利转让费，除实验用去一些外，几乎全部捐献给了儿童福利事业。那个小偷没翻到什么值钱的东西，不小心把一个瓶子碰碎了。那瓶子里装着他研制的新液体。

李教授再也躺不住了，伸手按亮电灯。小偷吓了一跳，转身要跑，却"扑通"栽倒了。他两手按地，想站起来，那双手好像和地板长到了一起，怎么也动弹不得。小偷老实了，抬头看着李教授，一脸苦相。李教授乐了："老兄，你不该打翻我这个瓶子呀……等等，我想想，如果我们把这种液体喷在仓库和保险柜前，还有老鼠洞里……哈，真是妙极了！老兄，你别急，我先到专利局去一趟。"

李教授出去了。可是只一分钟，又回来了。原来，外面天还黑着呢。

《机器人"疯狂症"》，中国青年出版社，1990 年 5 月，修棣改编

海底英雄目击记

崔 捷

　　在黄海的一个岛上，有几幢奶白色的楼房，房顶上布满了各种各样的天线。附近的渔民，即使是住了几十年的老渔民，也搞不清楚谁是小楼房的真正主人。

　　一个晴朗的下午，小岛突然热闹起来，那座不大的码头上，一下子停靠了好几艘船，有的船上甚至还有雷达和大炮。船上来来往往的人很多，看上去很紧张。在一片海浪的拍击声中，海水中竟冒出了一大片气泡，渐渐地一艘战舰浮了上来。正当大伙感到迷惑的时候，海中又浮起上百个潜水员。噢！原来是潜水员把战舰从海底给托了起来。

　　潜水员托战舰的事，很难被附近的渔民忘记："唉！仔细想想，这是不可能的。这一带的海水很深很深，潜水员怎么能把海底的战舰托起来呢？何况上百个人也托不起这么大的战舰啊。难道这些潜水员个个都是超级大力士？"

　　可是，老渔民老王的小孙子却不是这样想的。自从看到那次奇迹后，他的小脑袋就一直围着这些问题在转，他问自己："这是为什么呢？"他真想替爷爷们解释解释。可是他翻遍了自然常识课本，还是找不到答案。是不是外星人呢？他越想越有可能，于是就学着大人的样子，给当地最大的报社写了一篇通讯：《海底英雄——外星人目击记》。文章不是很长，但叙述比较详细，还夹着几个目击者的谈话，并加上了他自己的科学见解：学过自然常识的人都知道，海水的压力是随着海水深度的增加而增加的，在很深的海底打捞沉船，这对于潜水员来说，是绝对不可能的。所有这一切，如果不是外星人，到达这样的深度，早已变成肉饼了，所以一定是外星人所为。

　　文章寄出去后的第八天，当地的乡长来到这个渔村，说对面小楼房里的科学家，要请村里的渔民代表去参观。隔了一天，科学家开了一艘会飞的船来到村上，指名道姓地请去了六位村民，其中三位是村上德高望重的老爷爷，一位是老王的孙子，还有两位则是村里的活跃分子。六位村民带着好奇的心情登上了飞船，一眨眼就到了小楼房。

　　小楼房里的人不多，里面布满了会闪光的仪器，一块很大的屏幕挂在墙上。这时，只见一道墙壁开始转动，一位穿白大褂的老专家从里面走了出来。他戴着一副眼镜，脸带笑容，热情地向大家打招呼。接着，他把正忙于操作机器的小黄叫来："请小黄来介绍一下情况吧！"

小黄把大家引到一个很大很大的炉子旁，指着说："这是专门用于制造一种特殊材料的高温炉子。这个炉子的温度可以达到几千摄氏度。在炉子旁边那些仪器的控制下，温度可以升高或降低，我们专门配制的粉末，在炉里可以变成一种强度很高但又很软的材料。这种材料在高温时可以任意改变形状，但不容易断裂；一旦温度降到常温，它的形状就不能改变，但强度却会变得更大。我们按照潜水员的体形，在高温时制作各种尺寸的潜水衣，冷却后再让潜水员穿上。潜水员穿了这种衣服，即使潜得很深，压力很大，也不会被压扁。

"同时，每个潜水员还都带着能量吸收器。这种能量吸收器也是用高温炉子烧出来的特殊材料制成的。它随着压力的增大，体积不断缩小；而当压力减小时，它的体积会不断增大，同时会放出能量。如果把它放在沉没的战舰的底部，它只需要一个很小的启动力，就可以放出能量，把沉没的战舰托起来。"

老专家说："小王同学给报社的文章写得很好。他动了许多脑筋，很有想象力，只是结论下得太快了……"小王听了，躲到爷爷背后，但他的眼睛却眨个不停。

又过了几天，当地最大的报纸头版头条，刊登了报社记者和小王联合写的通讯：《海底英雄目击记》。

《365 夜科幻故事》，少年儿童出版社，1991 年 3 月，毕云改编

智 鼠

崔金生

　　林芫是捕鼠专家。今天，他被科研所请来，受到一群科学家的隆重接待。一位老者对林芫说："我叫文风。我们请您来，是要捉一只老鼠。有一只白鼠，它的编号是'白十三'，昨晚逃掉了。如果不能及时把它捉回来，人类将面临危机。"林芫吃惊地说："它身上有病毒？"文风说："不是病毒，而是智慧的种子。它能使鼠类变得强大无比。"林芫站起身说："现在你们领我到'白十三'最初逃走的地方去看看。"

　　他的话音刚落，随着一声尖利的怪叫，一个年轻的女研究人员冲了进来，撞到了文风身上。"来了，它们来了！"女研究人员惊魂未定，没头没脑地说着。大家朝外一看，走廊一端是白花花的一片，老鼠都从笼中逃出来了。一群身穿白大褂的人跑了过来，费了好大劲，才把鼠群驱回笼中。

　　文风说："现在我们走吧。"林芫用食指堵着嘴，悄声说："还有一只漏网的呢！"他用手指了指一扇紧关的门，"它在里边。"文风把门推开，见一只白鼠正在一台终端机的键盘上跳来跳去。它见有人进门，跳上窗户便跑了，文风看到了它臀上的标记，失声喊着："是'白十二'！"大家要找的正是这只白鼠。

　　科研所的邻院是市图书馆，"白十三"已逃到市图书馆。文风和林芫来到图书馆的一个库房，林芫脱掉鞋子，脚掌落地时像猫一样轻柔无声。他竖起双耳，静了片刻，突然跃起，扑向目标，可惜未能如愿以偿，是架在两张书架之间的一张网阻挡了他取得成功。林芫在书架上找到一本书，凑近鼻子闻了闻，又看了一下书名，是美国作家写的《鼠类世界》。怪了，难道"白十三"刚才在看这本书。

第三天，林芫带了一只狸猫到市中心公园捉"白十三"，也被它逃脱了。

黄昏时分，文风和林芫站在一幢无人居住的楼房前。文风说："现在你已经看到了，'白十三'是极聪明的老鼠，很可能它已把科研所的计算机程序都破坏了。那天白鼠从笼中逃出来，也是它捣的乱。图书馆中的那张网，不是人而是'白十三'挂上去的。"林芫说："是的，它确实聪明。但它想干什么？"文风答："'白十三'想回到自己的世界，希望改善老鼠的素质。"

林芫说："现在'白十三'在这幢楼里，我们进去捉它？"文风说："不忙。让我先对它讲几句话。"文风拿起一个话筒，喊道："'白十三'，我是你的朋友。这个世界对你来说太危险了，你还是回来吧。"林芫问："它能听懂你的话？"文风说："它对语言的接受能力，远超过我们的预料。"

在一条导水管道旁，"白十三"出现了。这时来了3只家鼠，"白十三"竭力表示自己毫无敌意，但3只家鼠扑了上来，"白十三"寡不敌众，终于毙命。

文风和林芫听到鼠斗声，循声找去，见"白十三"已被咬死了。林芫说："看来，老鼠好像并不喜欢聪明的同类。"文风严肃地说："我们人类不也是在这样一条路上走过来的吗？"

《科幻世界》，1991 年第 6 期，庄秀福改编

冰尸之谜

陈云彪

半夜，我被一阵奇怪的声音惊醒。"狼！"一想到这凶残的野兽，我连毛发都竖起来了。我急忙拉了拉联络信号绳，通知隔壁帐篷里的高原考察组长、细胞学教授黎清："外面有狼！"教授哈哈地笑了起来："哪来什么狼哟！那是阿黑在放哨哩。没事，快睡吧。"

第二天一早，有人在附近发现一个新挖的雪坑。教授走过去绕着雪坑转了一圈，那条机警的猎狗跟在旁边。尔后，教授下了一道命令："往下挖，用雪铲！"

傍晚时分，终于从5米多深的雪坑底下掘起两具冻得梆硬的冰尸。透过几厘米厚的冰壳，我隐约看出其中一人身着古老的藏族皮袍。另一个，是个身着藏袍的年轻姑娘。

我给两具冰尸照了相，随后问教授："这是怎么回事？"教授答道："暂时还是个谜。如果你有兴趣，过半个月后再来采访。"

半个月后，我坐在科研所的小放映室里，观看了冰尸桑奴一生中最后几小时的生活重现。我惊异地睁大眼睛，简直不相信自己看到的一切。半晌，才回过神来，赶紧向教授问道："刚才影片中的两位，就是我半个月前亲手摄下的两具冰尸吗？"教授把身子靠近我说："这正是我要向你揭示的秘密！"

"……许多年来，人们致力研究一项新科学——生物信息科学。它是在录像技术的启示下发展起来的。你知道，人的脑子，就好比一个巨大的信息储存库。在人们漫长的一生中，凡是所听到、看到或感受到的一切，都能通过一种特殊的脑信息细胞储存起来。而这种大脑信息，即使在几年，甚至在几十年后，仍然能通过记忆功能重现。

　　"你刚才所看到的影片，正是从那个名叫桑奴的男尸的大脑中取出的脑细胞信息。这些细胞和记忆分子被冰封了整整一个世纪，由于在低温和隔绝空气的情况下受到了良好的保存，所以至今尚未完全死亡！通过一系列复杂的细胞培植、繁衍、提炼和选择，最后根据最新的生物信息录像原理，利用一整套复杂的微电子转换设备把记忆细胞筛选放大，还原成图像，并且重现于银幕之上。有关'信息影片'的大致情况，已经给你介绍得差不多了。据说你要到联大参加秋季年会，尽管放心去吧。只是等你从联大回来之后，我将要向你揭示一桩更大的秘密……"

　　几天后我刚下飞机，一位姑娘便迎了上来："您是小程记者吗？教授让我接您，并特地请您去欣赏音乐会。"

　　节目开始了，幕布徐徐拉开，在悦耳的电子乐曲声中，翩步出来了一对舞伴，我简直呆住了！出现在我眼前的竟是桑奴和卓玛。天哪！没想到一年之前我在"信息影片"中看到的那两个农奴现在竟活生生地出现在我眼前！只是此刻的桑奴，比之当时银幕上的男主角更英俊。而卓玛，则完全成了一位美丽动人的舞蹈明星。他们的舞姿是那样的优美、动人，他们的演出紧紧抓住了观众的心。直到教授来到我身旁，我才意识到演出就要结束。"这样吧，我带你去参观一个地方。"教授说着，把我引向科研所后院。

　　沉重的大门自动打开了，在我眼前，出现了另一个完全不同的世界：蓝天、白云和雪山；一望无际的牧场上，绿草成茵，成群的牛羊，白色的帐篷，一股泥土混合着野花的香味，扑鼻而来。

　　教授走到一个操纵台前按下一只电钮，这时，我眼前的雪山、牧场统统消失了。我发觉自己置身于一幢巨大的类似现代体育馆的拱形建筑物中。

　　接着，教授给我讲述了他为使"冰尸"复活所作出的努力：工

作共分三部分进行。第一阶段，把桑奴和卓玛的尸体放在两只密封容器中，称之为"解冻"，即根据两人体质的差异，分别加以七个和五个半大气压，与此同时，对处于零下 40℃ 的冰尸予以缓慢加温。

第二阶段，当被实验者的体温接近 0℃、身体各部开始软化后，抓紧时间对那些久经冰封、失去新陈代谢机能的细胞进行修复和再植。

最后第三阶段，就是进行人工输氧，并继续减压。这时候桑奴和卓玛的体温已接近 37℃ 人类的正常体温了，以后的事，我不说你也明白了。

微微启动的大门口出现了笑容可掬的桑奴和卓玛。黎教授兴奋地迎上前去："你们来得正好！这位同志刚从纽约回来，他就是随考察队进山并第一个报道你们两个有关消息的小程记者。"我把手伸向卓玛和桑奴。教授接着向我说："现在，他们一位是中央民族学院的高才生，另一位是华东芭蕾舞团的舞蹈明星。"

我忽然想到了那束从大洋彼岸带来的鲜花，赶紧赠给这对经历过无数痛苦、整整在冰下埋了一个世纪的恋人，并祝愿他们永远幸福。

《少年科学》，1991 年第 7 期，李福熙改编

告别地球

傅　浩

我坐车去世界绿色和平联合会上班。一路上只见吐着黑烟的汽车、烟囱，匆匆行走的人群外，见不到一丝绿色。我长长地叹了一口气，心想：世界上绿色已越来越少了……

车停在绿色和平联合会的大楼外，我迈着沉重的脚步走向办公室，刚拉开门便与一个人撞个满怀。我定睛一看，原来是我秘书刘刚。刘刚见是我，便急匆匆地拉我步入办公室。

他伸手抓起办公室桌上的一份材料递给我，气冲冲地说："我们被开除了球籍！"

我大吃一惊，翻开了手中的那份材料。这份材料是世界大气研究会写的，内容是，由于世界上不重视绿化，只伐不种，工业废气大量排入空气，使空气中的有害成分越来越多。同时，由于世界绿化面积越来越少，预计在 2 年内，空气危机将直接影响人类与动物的生存。所以决定将全球的人迁移到 L 星座的 M 星，这是人类早已准备好的一个太空城。那里可以住下所有的地球人，并且可以在太空城内工作生活一段时间。等到地球空气改造恢复后人类再迁回地球……

　　我看完报告，激动地说："地球才到中年，中年应该是精力充沛的时期呀！可是，人类用自己的双手毁灭了自己！"

　　我跌坐在沙发椅上，一行眼泪在脸上滚动着。

　　我登上了最后一班飞向 M 星的宇航器，站在舱口向地球告别。

　　　　　　　　　　　　　　《少年科学》，1991 年第 4 期，李福熙改编

一夜疯狂

何宏伟

　　秦剑走进中国宇航科学院总部大楼的会议室，里面已坐满了人，他拿出在现场拍摄的红外线留影胶片，放进图像描微仪，屏幕上显

示出了一个橄榄球形的东西。

科学院院长介绍说："这是椭球形飞碟，到现在为止，它已劫持了16名女青年。每24分钟劫持一次，每劫持一个人便放回一个人，但放回的人全疯了。根据飞碟的飞行轨迹分析，下一次劫持可能发生在冰罗度假村。"

听到这儿，秦剑心猛地一沉，她的女友陈橙正在那里，有可能是飞碟劫持的对象。他驾着气垫车发疯似的驰去。

在通向温泉的小路上，他看到了陈橙。秦剑拉起陈橙往回跑，但是为时已迟。天空中出现了一个橄榄形发光体，一束光射下来，将他们罩住……

不知过了多久，秦剑醒了。他发现自己躺在一间半球形的室内，不知陈橙在哪里。他想出去，但找不到门窗，甚至连条缝也没有，这房间仿佛是个"容器"。他抽出激光枪，把"容器"割开了，走了出去。

他通过一条满是仪器的走廊，来到另一室内，见陈橙躺在一个平台上，周围站着几个"人"，头上都有一对触角。秦剑不顾一切地冲上去，连声喊："陈橙、陈橙……"那几个"人"见秦剑来了，就退了出去。

忽然，秦剑听到了一个冰冷的声音："进来，地球人！"

秦剑挽住陈橙，朝那声音走去，进入一间大屋，一个披着白纱的女人站在那里，她先开了口："你是第一个与我见面的地球人，我叫卡琳，刚才那几个是我的机器人。我们来自克玛罗星，就是地球人命名的LB—0140星。"

秦剑说："LB—0140星全部是由金属构成的，而且均温在500℃以上，怎么能存在生物？"

卡琳说："我们这个星球上的生物都是由金属构成的。我们远胜于别类生物的记忆力、分析力等。但我们有自身无法弥补的缺陷——没有感情。在我们弱小的时候，生存的本能使我们聚集在一起；现在，我们力量大了，一个人便可控制一个星球，这种靠本能维系的种类关系面临严峻的考验，星球随时可能分裂。一旦分裂，克玛罗种族将走向灭亡。我们中的极少数人，包括我，具有原始的感情，隐隐察觉到了这种威胁……"

"于是，你们就找到了地球人，找到了无力反抗、任凭宰割的地球人！"秦剑愤怒地说，"你们劫持、杀戮地球人，来为你们研究。这太残忍了！"

卡琳平静地说："我们唯一的办法是破译出你们的感情密码，用来对克玛罗人进行改造。本来只要两个地球人就行了，但由于她们拒绝合作，盲目反抗，结果自己陷于疯狂。我请你帮助我们。我们测出你的理性系数远远高于一般人，这足以保证不会因为你的脆弱而令实验失败。如果你不愿意，我们另找他人。"

"我愿意。"秦剑答道。为了不让劫持事件再次发生，他必须这样做。秦剑进入了实验室……实验终于获得成功。

秦剑和陈橙又站在冰罗度假村的温泉小径上。飞碟离去了，消失在远方。地球在经历一夜疯狂之后，又平静了，好像什么事都没有发生过。

《科幻世界》，1991 年第 5 期，庄秀福改编

时光倒流机

黄 孝

艾童先生不喜欢郝奇这个学生，原因是：郝奇喜欢在他的课堂上玩电动汽车和袖珍收音机等玩具。

艾童先生对付郝奇的办法是：没收，报告郝奇的父亲郝克先生。

郝克先生是世界掰手腕冠军，脾气暴躁。每次听了艾童先生告状之后，郝奇总是被父亲毒打一顿。有一回郝奇的奶奶忍不住了，愤怒地指着郝克大骂道："你好狠毒啊！你小时候比郝奇贪玩1万倍，我和你爸都没舍得打过你一巴掌呀！"

郝奇听着奶奶的大骂，心里猛地产生了一个大胆而新奇的想法：我一定要制出一架"时光倒流机"。一连几天，郝奇都陶醉在这个新奇的构思里。他抓住一切时间，躲在角落里拆呀装、装呀拆。一部"时光倒流机"终于诞生了。郝奇决定拿爸爸做一次试验。

准备工作做好了，郝奇溜进了父亲的房间，将"时光倒流机"放进枕头套里。

当天夜里，郝克先生和往常一样躺在床上枕着那个大枕头熟睡到天亮。哪知"时光倒流机"已轻易地吸取了郝克先生的记忆细胞，并利用微型电脑储存了起来。

第二天早晨，郝奇拿走了储有郝克先生记忆细胞的"时光倒流机"。在"音像接收机"的小荧光屏上就可以看到郝克先生小时候的"电影"——

预备铃响过之后，一个胖男孩和一个瘦男孩在桌上扳起手腕来，只听"啪"的一声响，瘦男孩的头撞到了桌面上，擦破了一块皮。瘦男孩火冒三丈，发疯地扑向胖男孩，两个人抱在一起厮打了起来。

"嘀铃铃"上课铃响了，老师走进教室，看见两个"肉球"滚在地下。那老师气得脸色铁青，走上前去将他俩扯到教室外，然后"砰"地关上了门……

那胖男孩儿就是小时候的郝克先生。

"哈哈！"我成功了！爸爸小时候原来也这样顽皮！

郝奇又在摆弄"时光倒流机"，上课也迟到了半小时，被艾童先生罚抄20篇课文。下课了，同学们都回家吃午饭，可他还没抄完，艾童先生叫他到自己的家里坐在床边继续抄。郝奇见老师已去食堂吃饭，就把"时光倒流机"塞进艾童先生的枕头套里。艾童先生吃完饭回来看见郝奇抄得很认真，心里的气消了许多，就叫他带回去再抄，下午上课时带来检查。

下午，郝奇去老师家交作业，见老师起床去洗脸，乘机把"时光倒流机"取回。

下午放学回到家里，郝奇拿出"时光倒流机"，在"音像接收机"的小屏幕上看起艾童先生的"电影"来——

放学啦。一个小男孩走进了一片西瓜地里。一眨眼工夫就摘了8个大西瓜，接着连瓜带人一起躲在地沟里，狼吞虎咽地吃起来。吃了两个后他就吃不下了，从书包里掏出小刀将其余6个西瓜各掏了一个小洞，拿地上的灰土塞进去，盖上小洞口，就一摇三摆地走回家去……

这个小男孩就是幼年时的艾童先生。

郝奇没想到，如今严厉正经的艾童先生，小时候竟然是那样的恶作剧。

这天，郝奇又在课堂上玩起来了，艾童先生没收了郝奇的玩具，并激动地说："郝奇呀！你真叫人头疼！想当年我像你这么大时，是多么用功读书，哪像你……"

"不对！你小时候光想着偷瓜，根本没想到学习！"郝奇打断艾童先生，大声嚷道。

"奇怪！郝奇怎么会知道我的过去？"艾童先生的脸迅速由白变红，然后挺温和地对郝奇说："请坐下吧，以后要认真听讲。"

下课后，同学们围住郝奇追问事情的真相。郝奇只好将自己发明"时光倒流机"的事讲了出来。

郝克先生也听说郝奇发明了一个"时光倒流机"，还听说这"机"起了不少坏作用，气得脸都紫了，扬言要摔碎这部机器！

"慢！"艾童先生突然从门外冲了进来。

艾童先生说服了郝克先生，征得郝奇同意，带着"时光倒流机"到首都北京去参加评奖。

艾童先生带回了一个特大喜讯："郝奇牌时光倒流机"因想象大胆合理，制造科学严密而荣获第 100 届全国青少年发明奖，发明者郝奇还获得"天才少年发明家"的光荣称号。

《少年科学》，1991 年第 11 期，李福熙改编

奇妙的书本

胡颖燕

我爸爸是个电子迷，家中堆着他几年前制作的大音响、大彩电。最近，他又搞起了电脑，一钻进去就什么事也不管了。

有一天晚上，我刚钻进被子，就听见妈妈对爸爸说："今天报上刊登了老作家、老科学家的呼吁，赶快减轻小学生肩上的压力。现在有人统计，小学生的书包重达三四千克，中学生的书包超过了5 千克，而且重量年年在增加。孩子他爸，我们小燕的书包可重了，七八本教科书，10 多本练习簿，还有字典啦、手册啦，真该减轻孩子的负担了……"

没听完他们的对话，我就睡着了。

第二天一早醒来，我发现房间里的电灯还亮着，抬头一看，爸爸还在工作台上忙碌着。

吃完早饭，爸爸说："小燕，送你一件礼物。"

这礼物是一本像计算器似的书，上面有一大块液晶显示板，下面是三排按钮，爸爸介绍说："这是微电脑课本，储存着各学科的书本内容和字典、手册的全部内容。"爸爸又取出一块有着按钮和指示灯的薄板说："这是电子练习本。"最后他还告诉我，使用极其简单，一学就会。

到了学校，上数学课时，瞿老师布置我们做练习。我刚做完第一题，电子练习本上的红灯突然亮了起来，还发出"吱、吱、吱"

的报警声，嗨！是我计算错了。我订正了以后，红灯才暗下来。

没半天，我的秘密一传十，十传百，惊动了孔校长。孔校长看了这神奇的书本说："我们请工厂的叔叔在'六一'前，给全校每个学生生产一套电脑课本和电子练习本，减轻学生的体力负担。"

《少年科学》，1991 年第 4 期，李福熙改编

太空"百慕大"

吉　刚

宁力驾驶着"地球—2"号宇宙飞船，向天狼星飞去。他这次负有两大使命，探索外星人和寻找失踪的"地球—1"号飞船。

自 1989 年"旅行者—2"号探测器带着那张"地球唱片"奔向天狼星之后，一直杳无音信。可是，在 1 个多世纪之后，中国紫金山天文台设在月球背面的那架口径 500 米的超大型射电望远镜，却突然收到天狼星发射来的无线电波——"地球唱片"上录制的 27 段世界名曲。这是外星人向地球发回的信息反馈，证实了外星人的存在，也证实了外星人掌握了不亚于地球人的科学技术。

中国宇航局决定派人去天狼星，耗巨资建造了两艘"地球"号飞船。飞船装备了最先进的仪器，还采用了 4 台光子火箭发动机，使飞船速度达到了 0.95 倍光速。为预防不测，还安装了一台备用发动机。

"地球—1"号由紫金山天文台台长薛瀚教授驾驶，于 1 年半之前启航。可是，在不久之前，"地球—1"号在"罗斯—248 星"附近神秘地失踪了。于是，宁力肩负上述两项使命，比原计划提前半年出发了。

"地球—2"号在茫茫太空中飞行，顺利地过去了 1 年半。有一

天，宁力发现飞船偏离了航向，这里正是"罗斯—248 星"区域，薛瀚教授失踪的太空"百慕大"。"黑洞！"宁力惊叫了一声，飞船被旋进了黑洞的边缘。宁力赶紧揿下无线电发报机的按钮，想向天文台报告，可是电波被黑洞拽住，传不出去，宁力猛然醒悟，薛教授就是这样失去联系的。他操纵飞船，竭力想逃出黑洞的引力圈，但终告失败。

宁力镇定下来，想到恩师薛教授可能也在黑洞中，决定寻找他。他围绕黑洞边缘做圆周运动，终于发现了"地球—1"号。他变换飞行角度，慢慢靠拢它，操纵对接装置，两艘飞船衔接成功。宁力走进"地球—1"号，里面没有薛教授。宁力揿下电子存储器的键钮，屏幕上出现了薛教授，他说："宁力，我知道你会来的。飞船被卷进黑洞后，为了摆脱它，我曾想启用应急火箭发动机。但经过计算，即使那样，飞船的速度只能达到 0.98 倍光速，仍不能挣脱黑洞的吸引力。为了保持飞船的目前速度，必须减轻负载，我只有跳进黑洞，把应急发动机留给你。这样，'地球—2'号就可以有两台应急发动机，使飞船达到 0.995 倍光速，挣脱黑洞的吸引力……"

薛教授为了宇航事业，以超人的胆略和气魄投身黑洞，谱写了一曲响彻宇宙的壮歌！泪水模糊了宁力的双眼。他决心完成薛教授的遗愿，按薛教授的方案操纵"地球—2"号，终于挣脱黑洞的巨大吸引力，昂首向天狼星驶去……

《科幻世界》，1991 年第 2 期，庄秀福改编

故土难离

金 平

21 世纪，在南极冰缘融化时，人们发现一具保存完好的男子遗体，经医院采取现代化的措施，死者奇迹般地活了过来。被救者是位华裔科学家，名叫王大江，是在 20 世纪到南极考察时，不慎落入冰雪中而丧生的。这件新闻马上轰动全球，许多新闻媒体蜂拥而至，竞相对他进行采访。

王大江应一家报社之邀，到世界各地访问。他发现这个世界已不是原来的世界，全球到处都是灾难：喜马拉雅山南麓的森林屡遭破坏；南亚次大陆每年两季都沦为泽国；华北的京、津已实行饮水配给；非洲的维多利亚湖早已成为罗布泊；夏威夷被淹；日本沉没；纽约、罗马濒临水患……

各处的宾馆住房设备极为完善，室温、光亮、声响和干湿度等全由电脑控制，连大便器都能对人的消化状况和内分泌系统做出科学的测试和分析。然而，城市里的树木、草坪都是人造的，那种长在土里的真正的草木早已绝灭，只有在博物馆才有它们的标本。在城市里根本呼吸不到新鲜空气，很少下雨，日照也越来越少。人们灰心失望，想移居南极或者去更远的"太空镇""月亮城"。

看到这些情景，王大江心乱如麻，心想："地球怎么会弄到这种地步？这全是因为人类的愚昧和狂暴之故啊！但是许多人至今尚未觉悟，还在摧毁百孔千疮的大自然。我爱自己的生命，也爱我们的家园，爱我们的地球，应该为拯救地球尽自己的绵薄之力。我要让人们看看 20 世纪的地球，以唤醒人们热爱大自然的良知。但是，自己拍摄的录像资料已在冰雪里消磁报废，现在只有一个办法，开启记忆发射仪。"王大江知道，这样做之后，他的大脑将严重受损，刚刚获得的第二次生命又会蒙受苦难，但他在所不惜。

王大江在客房里，毅然将连接记忆发射仪的一对尖尖的触针刺入太阳穴，深深扎进大脑。客房里的电视屏幕上立即出现了新世纪的人们从未见过的美景，那是上一个世纪的群山、江河、丛林、草原……呵，王大江的记忆没有被冰雪封冻，也未曾在极地消磁，当年他千辛万苦用心灵的镜头摄取的美景，正被强大的卫星电视接收下来，传播开去。

《科幻世界》，1991年第2期，庄秀福改编

惜 别

金 涛

一天，刘宽和妻子出海捕鱼，在燕窝岛附近，看到海水像开锅似地沸腾起来。他们大吃一惊，开船拼命逃，后来终于死里逃生。在返回的途中，他们看到海上漂着一只金色的小筏子，筏子上有个女婴。刘宽夫妇收养了这女婴，给她取名小霞。一晃5年过去了，小霞长得活泼可爱。

这天，刘宽带着儿子小龙和女儿小霞去县城赶集，3人上了船。过了一会儿，刘宽听到后面两个孩子的笑声，回头一看，两个孩子不在船上，而是乘在一只金色的小筏上，跟着他的船前进。那筏子没有动力，却能在海上行驶，还能承受两个孩子的体重。刘宽让两个孩子上了船，问是怎么回事。小龙说，这筏子是昨天从家里的阁楼上找出来的，它听小霞的话，她让开就开，让停就停。

刘宽想起了5年前在海上救起小霞的事，当时小霞就躺在一只金色的小筏子中。他把小筏子收起放入船舱，开船往县城驶去。这时，

空中有一架直升机一直跟随着他们。

　　刘宽到县城办完了事，带孩子去游乐场。孩子在玩，他在一旁看着。不多一会儿，他身旁来了一个陌生人。此人身材高大，提着一只大手提箱。陌生人问刘宽，小霞是否是他亲生？刘宽顿时警觉起来，反问他是什么人。陌生人说，他是小霞的亲生父亲，找小霞已经 5 年了，他感谢刘宽救了小霞。说罢，他打开手提箱，里边是一只轻巧的录像机，一按开关，屏幕上出现一艘飞船，一位男人在前舱驾驶，后舱有一个漂亮女人，怀里有个婴儿。突然，出现通红的火光，燕窝岛周围海水沸腾，女人按动一个按钮，把男人从飞船中弹出，婴儿被放在一艘小筏上送出飞船，女人驾飞船朝海中冲去……

　　陌生人说，他是外星人，5年前，他和妻女到达地球时，发现海底火山爆发。他妻子听到孩子的哭声，为了救人，驾飞船冲向海底，用飞船的力量制止了一次海底火山爆发。

　　听完那人的叙述，刘宽想起了5年前海上遇险的情景，相信陌生人所言非虚。刘宽问他，是怎么找到了小霞的。陌生人说，这全靠那只小筏子。它不用任何动力就可航行，而利用的能量是多元的，引力场、磁力、热等，是万能的动力系统。它用意念和语言操纵，而且只适用于他的女儿……

　　刘宽问，什么时候来接小霞，那人说过10天后他来找刘宽。临走，他又说，刘宽全家和岛上所有的人，10天之内都必须离开燕窝岛，他负责给找新的住处。

　　到了第10天，那人把小霞接走了。当天晚上，县城新落成一幢大楼的单元房间里，刘宽一家人站在阳台上。他们是按陌生人的安排，和岛上所有的渔民搬进这座现代化渔民新村的。夜已深，他们还睡不着，挂念着小霞。突然，他们看见燕窝岛方向，火光从大海中升起，爆炸声从远处传来，顿时，一串长长的火球从海底腾空而起。海底火山爆发了。

　　　　　《19号太阳门》，少年儿童出版社，1991年1月，庄秀福改编

女娲恋

晶　静

　　天漏了，一连几个月，天天下大雨。地崩了，洪水冲毁了大地上的一切。

　　部落里气力最大、虎背熊腰的伏羲也无能为力。此时，他跪在山崖上，向乌云密布的天空祈求："神啊！救救我们吧！再这样下去，

人都要死光了。"

正在此时，阿丫受双鱼星座Y星的派遣，驾驶光子飞船到地球上考察。她把飞船降落到一个海湾里。从海中上岸后，她与伏羲相遇。阿丫说："我叫阿丫，从Y星来，我们是朋友。"伏羲见她乘仙船从天而降，长得又尤为俏丽，以为是天神下凡。但他听不懂阿丫的话，只听懂"阿丫"这两个字音。他马上跪倒在地，喃喃道："女娲娘娘，当今沧海横流，饿殍遍野，如不将天补上，世人将灭绝。快救救我们吧！"

伏羲把阿丫领进山洞，"谁是部落的首领？"首领是位老阿妈，伏羲向她介绍说："这位是天上下凡的女娲娘娘，我们有救了！"首领和众人闻讯，一齐跪下，祈求阿丫帮他们补天。阿丫见无法推辞，回到光子船上向Y星汇报，要求发射光子炮，驱散雨云。但她遭到拒绝，说地球人是些野蛮人，不必管他们，并命她赶紧返回Y星。阿丫感到自己的同类太残酷了。她驾起飞船，但没有飞回去，而是调整方向，向雨云飞去。她揿下本来是预防不测的红键，"轰——"的一声巨响，天空的一角乌云翻腾起来，一连几天，阿丫都在傍晚向乌云开炮。最后，天晴了，太阳露出脸来。"女娲把天补上了！女娲把天补上了！"男女老少欢腾不已。

可是，阿丫的飞船再也飞不上天空了。于是，阿丫横下心来，留在地球上。她和伏羲一起，率领大家采石拦水、修渠引水。大地开始复苏，人们过上了安定的日子。在长期的劳作中，阿丫和伏羲建立起了甜蜜的感情，在首领阿妈的撮合下，两人结为夫妇。

光阴似水。此后若干年，伏羲和女娲恩恩爱爱，生儿育女，振兴部落。"女娲炼石补天"，"女娲伏羲造人"等美丽的神话，从此流芳百世！

《科幻世界》，1991年第3期，庄秀福改编

一个戊戌老人的故事

姜云生

清史研究专家司马接到一个电话，是省公安厅王科长打来的。王科长说，在郊区发现一个刚死去的古代人，好像是清代的，请司马一起到现场勘察。

1小时后，司马随王科长到达现场。司马见地上躺着一个老人，身着清代官袍，在他身上还发现一枚印玺，上面刻着"翰林院侍读学士徐致靖"。司马对清史了如指掌，对戊戌变法时期的风云人物徐致靖相当熟悉。徐是谭嗣同的老师，由于保荐了康有为、谭嗣同等一批维新派人物，差点被慈禧杀头。徐活到75岁去世，迄今已有89年，怎么会出现在今天呢？

司马正在纳闷，人群中挤出一个十五六岁的少年，说："我认识这个老头。他前几天还和棋王N先生在山上下棋呢。"司马感到这是一条重要线索，如要弄清死者的身份，棋王是位很重要的见证人。

第二天，司马拜访了N先生。N先生详述了事情的经过："3天前，我收到一封信，约我第二天到郊区的一个小山村下棋。信的后面画了一张棋谱，是这张奥妙的棋谱吸引了我。于是，我按时赴约。和我下棋的是位老者，穿着古代的便服。他棋艺奇高。我号称'棋王'，但根本不是他的对手。我说要拜他为师，他说是不可能的。后来，他送给我一本棋谱，就突然消失了。"棋王说着，把一本手绘棋谱递给司马。司马一看棋谱上的字，确是徐致靖的笔迹。

司马回到住处，王科长来电话，告诉他一个惊人的发现。原来，司马离开现场后，王科长让干警在周围寻找线索。果然，在附近发现一个山洞，是老人住过的地方。山洞里有 3 张云母片般的东西，上面都有活动的画面。第一张是飞碟降落，第二张是一个太后模样的女人（后来证明是慈禧）在批公文，第三张是一个老者被绿光吸到飞碟中去了。3 张薄片经专家研究后，断定它们绝不是地球上的东西，可能是外星人的产品。听了这个电话，司马越发迷糊了。

过了两天，当天的晚报上刊登了一则轰动的新闻：日前，本市一徐姓男子到公安局报告：1 个月前，一个身着古装的老者找到他家，要求住下来。老者自称是徐某的曾祖父徐致靖，被慈禧太后囚于狱中，有一仙童将其摄出狱外，送入一山洞，授以对弈之术。几日后，仙童乘碟状物升天。老者出洞，方知世上已过了百年。仙童曾赠老者一册徐氏家谱，老者才找到徐某。老者住在徐某家，整天翻阅徐某为他找来的历史书籍，边看边叹息。后来，老者让徐某约 N 先生与他下棋。过了几天，老者死在郊区山中。

司马读到这里，连喊 3 声："不可思议！"

《科幻世界》，1991 年第 3 期，庄秀福改编

黑洞探险

梁大勇

"天球号"飞船已在茫茫宇宙中飞行了 31 年。但是在加尔大校看来，只有 4 年。他明知探测黑洞有很大的危险，一不小心会被黑洞的强大引力所吞噬。但他不怕，他早已下定决心把这一生交给航天事业了。

飞船已靠近天鹅星座。加尔打开探测仪，对星座进行观察。当他把镜头对准 DH—226868 星球时，一副奇景顿时显现在眼前。一个光芒四射的圆球，正在极快地旋转着，圆环中央黑黑的，像个无底洞。旁边一颗巨大的蓝星，忽然变成了梨形，像箭似地射向黑洞。

黑洞！加尔激动万分，他连忙打开所有的探测仪，仔细地观察起来。然而，他犯了一个致命的错误，忘了飞船正以光速向黑洞前进。一切都已经晚了，"天球号"像一只幼小的羔羊，被塞进了黑魔的口中！

加尔在失去知觉的一刹那，心中默念了一声："永别了，地球！"然而，当他睁开眼睛时，第一个意识告诉他："我还活着！"但是，飞船的颜色却莫名其妙地变成了橙色。"怎么回事？"加尔走到探测仪前，把镜头对准飞船后方，看到一个白花花的物体，正向外喷射无数物质。他冲进资料室，从万能翻译机上找到一段资料："白洞和黑洞是性质相反的天体，它拒绝任何外来的物质进入它的内部，只允许它里面的物质和辐射通过边界反射出来。因此，白洞是宇宙中一个发射物质的源泉。一个宇宙的黑洞，可以通过物质和能量与另一个宇宙的白洞联系……"

加尔细细咀嚼着每一句话的含义。忽然大声喊着："我进入了另一个宇宙！"加尔明白了，那白花花的物体就是白洞，自己已来到另一个橙色的宇宙。

继而他又呆住了："我怎样才能回到自己原来的宇宙呢？"加尔继续观察翻译机的荧幕，又出现了一行字："另一个宇宙的黑洞，也会将它聚集的物质和能量，通过我们宇宙中的白洞，输送到我们这个宇宙中来。"

"上帝保佑，我还有一线返回的希望。"加尔不禁暗自庆幸。

加尔怀着一线返回的希望，驾驶着"天球号"飞船在橙红色的宇宙中寻找黑洞。天无绝人之路，终于，在茫茫天宇中航行了两年后，飞船前方再次出现了一个黑洞。这次，加尔有了经验，他穿上了耐高压的宇宙服，关闭引擎，向黑洞"迎"了上去。然而，即使这样，那巨大的重力仍然使他昏了过去。当他再次醒来时，发现飞船正处在 MR3 椭圆星系中央，星系核就是一个巨大的白洞。他兴奋万分，大声喊道："我回来啦！"

《我们爱科学》，1991 年第 11 期，禾文改编

奇异的海蟒

鲁 克

全长 850 千米的 E 海底电缆，如同一条巨大的海蟒静静地安卧在海底。

一日，海域通讯研究所的侦察处处长雷文光接到邮电部的绝密文件：E 海底电缆断裂，请协助侦察。雷文光率助手李超乘微型猎潜舰赴出事现场勘察，认为断裂系人为破坏所致。于是，雷文光在电缆沿线安置了几只定时巡逻的海底微型电子监视机，通过它们把海底录像及时发回基地。

4 个月后，基地收到监视机发回的海底录像，在电缆附近有两艘外形像海豚的潜艇在徘徊，但不久，监视机信号突然消失。雷文光和李超再赴现场，发现电缆又遭破坏，监视机也被捣毁。雷文光判断，这一切定是这两艘潜艇所为，毒蛇必然还会出洞。

雷文光来到某科研所，请求林力所长提供新的监视工具。林所长把雷文光带到实验室，在一排平房前有一个直径约 400 米的大水池，几头海豚在池中接受训练。林所长告诉雷文光，他们在这些海豚的脑子里装上了控制器，海豚能按人的指令行动；它们还能携带自动录像机，在海底拍摄录像。林所长拿出几张照片，这是他们在深海实验时，海豚携带的录像机拍回来的。

雷文光接过照片一看，又惊又喜。原来照片上拍摄的两艘海豚状潜艇，正是他所怀疑的作案者。雷文光立即向林所长借了几头海豚，部署在有关海域。

一年过去了，平安无恙。

一个假日的凌晨 3 点 35 分，雷文光得到报告，海豚流动哨 2 号、6 号和 7 号分别从海底发回录像情报，有两艘海豚状潜艇朝 E 电缆海域逼近，研究所命令 10 号和 12 号猎潜艇立即进入该海区，待命出击。4 点整，海豚流动哨发回的录像中，显示出那两艘潜艇已在电缆附近定位，雷文光下达了出击的命令。半小时后，我猎潜艇指挥员报告："敌人一艘潜艇负重伤后逃窜，另一艘被围后自爆毁灭……"

李超得到消息后兴奋地说："战斗总算结束了！"雷文光拍拍李超的肩膀："可是，事情并没有了结啊！"

《19 号太阳门》，少年儿童出版社，1991 年 1 月，庄秀福改编

马虎超人历险记

李 凡

曹仁的马虎是全校出了名的。据说有一次测验，他居然把草稿当成试卷交了上去。老师摇头说："你真是马虎曹仁啊！"从此，曹仁有了个"马虎超人"的外号。

一天，学校包场看电影，"马虎超人"随手从衣架上抓起一件衣服，穿上就朝电影院跑。突然，远处传来抓小偷的声音。曹仁跑过去，看到小偷慌慌张张跑来，就大叫"站住！"小偷拔出一把小刀，向曹仁刺来，刀正好刺在曹仁的胸口上。怪事发生了，锋利的尖刀居然刺不进曹仁的身体。歹徒大吃一惊，以为曹仁是气功高手。曹仁自己也奇怪，挨了一刀，居然还没觉察。小偷连忙把刀一丢，请求饶命。

曹仁要带小偷去派出所，小偷竟主动要求带路。原来这小偷只

是一个担任望风的小角色，外号叫"黑狗"。真正抢劫的是另一个外号叫"黑豹"的家伙。可是，"黑狗"并没有带路去派出所，而是将曹仁带到一个小胡同里，原来"黑豹"正埋伏在那里。"黑豹"手拿铁棍，见"黑狗"使了眼色，就向曹仁头上打去。谁知棍子碰到曹仁的脑袋，竟像碰上了金刚石一样，"砰"的一声，被反弹了回去，把"黑豹"的手震得生疼。正在这时，警察来了，制服了两个歹徒。

曹仁自己也感到奇怪，今天为什么有这么大的力气呢？后来，爸爸告诉他，是他穿的衣服救了他的命。原来，那天他随手穿的衣服是他爸爸研制的超人服。

"爸，这件衣服是怎么回事啊？"曹仁奇怪地问。

爸爸说："我们研究所发现，人的每个细胞都是能量贮存器，许多细胞连起来，就能使人发出惊人的力量。我们利用超异材料编织出超人服，可能和人体电场共振，产生超人般的力量。谁知我刚带回家，就被你穿上了。"

"爸，这件衣服送给我吧！"曹仁央求道。

爸爸笑着说："这是我们为军警试制的，你这个小马虎鬼可不能随便穿啊。"

《我们爱科学》，1991 年第 4 期，禾文改编

课堂风波

李维明

一个星期前，张宇跟随父母亲来到了卡迪约星球。张宇的父母都是科技人员，是到这里来学习质能转换技术的。张宇现在在这个名叫班奈达艾的中学里插班。

由于卡迪约星人身材特别矮小，因此张宇在班级里有一种巨人般的感觉。

上午上化学课，秃顶、矮胖的米格老师走进教室。他严肃地扫视了一圈教室，眼光落到他那黑色提包上。

他小心翼翼地从提包里取出一个瓶子，旋开瓶盖后倒出了几十粒红色胶囊的药丸。他发给每人一粒红色胶囊药丸。同学们吃完药丸后，老师便宣布下课。

在教室里同学们吃药丸时，米格老师就注意到手里拿着药丸正犹豫的张宇："你这位同学，为什么不吃？"

张宇腾地从座位上站了起来，情绪激动地说："我可不像你们卡迪约的中学生，一颗糖果似的玩意儿就能打发掉半天，这不是误人子弟吗？我到学校来是求知识的。"张宇气呼呼地冲出了教室，去找校长。

校长含笑听完了张宇的诉说后问道："你今天上午上的是化学课吗？好，张宇同学，请你把金属元素活动顺序表写出来。"

张宇不知校长葫芦里装的什么药，但他顺从地用笔在纸上默写起来：K Ca Na Mg Mn Zn Cr Fe Ni Sn……张宇一口气写完后，突然愣住了。

金属元素活动性顺序他从来没学过，怎么能默写出来呢？张宇有点丈二和尚摸不着头脑。

  校长让张宇坐下，然后继续说："人的大脑里存在着一种化学记忆密码。这些化学物质由细小的蛋白质分子肽组成。分子肽又由一系列排列组合而成的复杂生物分子构成。它们的每一种排序和组合结构都代表着某种记忆。我们的科学家破译了这种化学密码，并很快成功地在各个领域推广应用……米格老师每天根据你们的生理与心理数据——你可能还没注意，你们的座位实际上是一台监测仪——将每人可以接受的知识定量地配制好，装入胶囊。"

  张宇拍拍脑袋说："我真混！我得向米格老师道歉去。"张宇一溜烟地跑了。

《少年科学》，1991 年第 8 期，李福熙改编

证 据

刘继安

中、日、美三国联合考古队对罗布泊进行考察，在"精绝国"故址发现了两件极不寻常的东西。第一件是一具男性古尸，金发高鼻凹眼，不可思议的是他竟栩栩如生，就跟昨天才去世一样。他被命名为"JA—9"。第二件是一个碗口粗、约1米长的金属圆筒，异常沉重，考古队动用16吨的起重设备才勉强将它弄出沙坑。它被命名为"JA—10"。

三国专家们对"JA—10"进行了研究，认为是一种特殊合金，它含有的元素是地球上所没有的。它构造特殊，能够持续发出一种电磁信号，载有大量信息，同时又是一个超级储能装置。正当他们在紧张研究之时，没想到，考古队营地来了不速之客。

那天中午，专家们在午休，外面传来巨大的声响。大家出来一看，只见一只飞碟降落到地面，上面下来一个穿宇航服的外星人。此人脱下宇航服，大家发现他的长相和地球人毫无两样。他走到专家们的跟前，开口说话，是一口标准的汉语："先生们，我来自一个遥远的星球，但绝不会伤害你们。"中国专家王新问："那你有何贵干？"那人指着"JA—9"和"JA—10"说："我是为它们而来的。"

接着，他详述了此行的目的：你们或许会认为我是外星人，其实我并不是什么外星生物，而是你们的同类。地球上现代人类的远祖是1000多万年前的南方古猿。但事实上，南方古猿另外还有一支，这是一支最优秀的种属，在体力、智力上，都比发展成现代人类的那一支优秀得多。至少在300多万年前，他们的科学水平已高度发达，比你们现在要高出许多。这些人当时也遍布五大洲，他们最强烈的愿望，就是征服太空，占领别的星球。但是，他们完全忽略了对地球的保护与爱惜。因此，你们今天所遇到的工业环境污染，生态平衡破坏等问题，其实在100万年前就发生了，而且严重得多。在万不得已的情况下，他们终于做出痛苦的决定——放弃地球。后来他们移居到了一颗叫奇普星的星球上定居，塔克拉玛干沙漠就是他们当时的火箭发射场，"JA—10"就是遗留下来的信息存储器。"JA—9"是个奇普星人，2000年前，他乘飞碟来取回这存储器，不幸染病，于是他用"JA—10"的电磁力场将自己保护起来，等待救护。

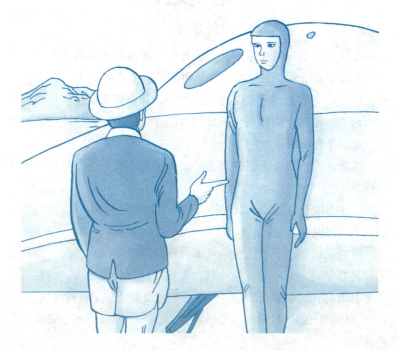

　　有位日本专家问："那么在地球上怎么没发现他们的任何遗迹呢？"那人说："在距今约100万年前，一场全球性的灾难毁灭了他们所有的一切。"美国专家库柏问："你这次来地球，是要取走'JA—9'和'JA—10'吗？"那人说："正是这样，万望你们成全，我们将永远感谢你们。"三国专家经过研究，答应了他的要求，那人把"JA—9"和"JA—10"带上飞碟。飞碟恋恋不舍地盘旋了3个圈，然后飞快地消失在金灿灿的阳光中。

《科幻世界》，1991年第1期，庄秀福改编

不老翁之谜

刘建共

夜深了，小飞躺在床上，一会儿想着那篇关于生物钟的文章，一会儿又想着爷爷。虽然因为爸爸和爷爷失散了40多年，以至小飞有生以来第一次见到可亲又博学的爷爷，却一点儿也没有生疏的感觉。这不，跟爸爸妈妈从台湾来到大陆才一个星期，小飞已经觉得一步也离不开爷爷了。

忽然，离小飞4米远的双人床上传来的喁喁私语，打断了小飞的遐思。

"小飞跟爷爷这几天玩儿得真快乐。"这是妈妈的声音。爸爸"唔"了一下，没说话。

妈妈又说："下了飞机一见面，我真不敢相信自己的眼睛。爸爸显得好年轻，背不驼，眼不花，头发黑亮，脸无皱纹，外貌举止全无七旬高龄的龙钟老态，年轻得令人难以置信，年轻得可疑……"

"怀疑什么？难道他不是我的父亲……噢，夜深了，睡吧。"爸爸说。

小飞却睡不着。现在想起来，在公园里年逾古稀的爷爷健步如飞，一下子就追上了我，用他有力的大手猛地抓住了我的臂膀。小飞回想着几天来和爷爷相处的一切细节，也觉得爷爷年轻得不可思议，辗转反侧，不能入寐。

没开灯，小飞翻身爬起，轻步穿过阳台，看见爷爷的房间还亮着柔和的灯光，夜这么深了，爷爷没有睡觉。老人在外跑了一天，玩儿了一天，该累了，可到了深夜，爷爷还精神抖擞，全无倦容，为什么？莫非……正如爷爷在公园所说的"生物钟现象在我们的生活中比比皆是……"而现在爷爷正处于生物钟的高潮期？或者爷爷把这个生物钟拨到了高潮处，所以精力十分充沛？小飞想来想去觉得爷爷身上确实裹着一个谜团。

　　一天，小飞和爷爷到海边游泳。小飞目不转睛地打量着爷爷健美的身体。瞧，那大腿、胳膊的肌肉鼓得结结实实，全无古稀之年的肌肉松弛之态。小飞竭力探究着爷爷的不老之谜时，爷爷已看出了小飞的心思。

　　爷爷哈哈地仰头大笑："小飞，我知道你的心思，也知道你爸妈的怀疑……今天，爷爷就把你们百思不解的谜底亮出来。爷爷是

在遗传工程研究所工作，是遗传工程学家，你还记得在公园里我对你讲关于生物钟的知识吗？人体中有一个控制衰老的生物钟，它藏在微小细胞中的 DNA 分子上。经过大量的研究实验，我们已了解到控制细胞分裂次数的衰老基因的机理，并掌握了增加体细胞分裂次数的有'长寿药'之称的维生素 E 的遗传工程技术，用它来改造衰老基因，大大增加细胞分裂次数，使之获得新的活力。换句话说，就是把'寿钟'拆开修理，换上崭新的零件，这样'寿钟'便能长久地走去……

"作为遗传工程学的研究者，我先在自己身上做了实验。这有危险性，但为了科学，牺牲何足惜！幸运的是，爷爷成功了！"

小飞恍然大悟："爷爷就是这样年轻的呀！"

《少年科学》，1991 年第 9 期，李福熙改编

揠苗助长的老爷爷

李其舜

离我家不远，是学校的小足球场。足球场旁边，有一座平房小院。星期六下午我在踢球时，看到一个坐轮椅的老爷爷搬进了小院。

第二天，我看到小院门边钉了一个木牌，上面写着："接待时间为星期六 23 时至 24 时。"真奇怪，谁会夜里来拜访呢？我爬到树上往小院里一看，发现老爷爷正坐在轮椅上遥控一台微型播种机在播种。晚上，我借着月光去看小院，不禁大吃一惊：早上播种的小苗已经出土了。老爷爷正开动机械手，把刚出土的小苗全拔了出来，拔完又重新栽回去。

我想起了成语"揠苗助长"里说的那个宋国人。他一心想让禾苗快长，把苗都拔高了，结果苗都死了。难道老爷爷也是"宋国人"？

　　翌日，我又爬上大树去看小院，只见小畦里的植物已经长了半米高。这是什么植物，怎么长得这么快？为了揭开这个秘密，我故意把球踢进小院里，借故翻身跳进了小院。我把来意告诉老爷爷，老爷爷叫我过一个月再来。

　　一个月以后，小畦里的植物成熟了。说它是稻子吧，颗粒比花生还大；说它是花生吧，又不结在地下。我问老爷爷："这是什么东西？"

　　老爷爷说："它叫MMD，是麦米豆三个字拼音的第一个字母，是我用生物工程方法培育成的，它兼有小麦、稻米和大豆的优良性能。"我想起了"揠苗助长"的故事，就问老爷爷："它为什么长得那么快？"

　　老爷爷指着太阳光说："植物生长靠太阳，可是一般植物只能利用阳光能量的 1% ~ 2%。我通过分析器，把照到院子上空的阳光，分解成赤橙黄绿青蓝紫和红外、紫外 9 部分。在生物计算机指挥下，根据 MMD 不同时期不同部位的需要，通过植物体内光导系统，把分解后重新组合的光，传输到植物的工作部位，这样就提高了光合作用的效率，减少了 MMD 的呼吸消耗。所以 MMD 才长得这么快，颗粒这么大。"

　　我由衷地说："您真是出色的农学家。"

　　"你弄错了。"老爷爷摸摸我的头说，"我是研究光学的。我老了，想抓紧时间多干点事啊。"

《我们爱科学》，1991 年第 7 期，禾文改编

绿色的猫

李 威

博士先生把我拉进实验室，指着一只绿色的动物对我说："成功了！绿色猫。"

"天啊，"我大叫，"它也会喵喵叫？"

博士说："是的。我突发奇想，在太古时代，叶绿素会不会是一种独立的生物呢。后来它到了其他生物的细胞里，依靠光合作用，使生命维持下去。"

"难道你的猫把叶绿素吃了？"

"差不多。我把叶绿素从植物细胞中分离出来培养，再植入猫的细胞中。"

"这真是天方夜谭——一只植物猫。"

博士冲着猫招了招手："不过，要使叶绿素恢复原始的独立性，可不是简单的事情。开始总是失败，后来还是猫帮我解决了难题——它偷偷地跑进实验室，把药瓶打倒了好几个，使药品混在一起，又洒在叶绿素上，竟使叶绿素恢复了原始的独立性，将这样的叶绿素再植入猫的细胞中，猫就变成绿色的了。现在它不必吃鱼，只要喂水和晒太阳就是了。"

我也突发奇想："可不可以用其他动物做实验？"

"为什么不可以？"博士打赌说，"如果它能活到冬天，我就考虑向人体植入叶绿素。"

"我的天！"我倒在沙发上，"让我们都变成绿的？！这简直有些残忍！"

"别担心。"博士不无遗憾地叹了口气，"到现在我还搞不清哪些药混合起来，才能使叶绿素恢复独立活性哩。"

《我们爱科学》，1991年第2期，禾文改编

谁？！

刘学铭 等

田中合上了电闸，两扇电动铁门倏地密合在一起。这就是说，这家庞大的机器人工厂，又与外界隔绝起来。现在厂里白班工人已经全部离去，只有田中一个活人。他的职责就是巡查结束后，熄灭全部照明设备，再回到值班室，嚼一块口香糖，在控制程序的电脑陪伴下，度过孤寂而漫长的夜晚。日复一日，天天如此。

这会儿，田中又进行着例行的检查。偌大的车间里，只有机器人幽灵般地走来走去，默默地传递着产品和零件，低沉、单调的机器声越发使这里显得寂静。人在这种情况下，不是想心事，就是想睡觉。睡觉是违反值班纪律的，只好吸支烟提提神。他刚把手伸进口袋，想到了总设计师渡边的警告："夜间绝对不准吸烟，否则的话我可有办法治你！"

渡边花了半年心血，造出了一名有着敏感健全的电子神经和传感器官的尼丝机器小姐。据说这位小姐很娇气，不喜欢吸烟，好发脾气，可是除了工厂总经理以外，谁都没见过小姐是怎么发脾气的。

田中以前一直不敢吸烟，今天终于忍不住了。他把手伸进白衣兜……点燃了烟，刚吸了一口，忽然听到在单调的机器声中，混杂着一点反常的动静。接着，一阵轻微的衣裙窸窣声从门口传来。"有人！"田中心头猛地一颤："谁？！"他的喊声还没落，门口"嗷"的一声惨叫，一个女人凄厉地痛哭起来。这哭声凝聚着最恐怖的情绪，听起

来是那样让人头发根发麻，心头战栗！田中一身冷汗，赶紧熄灭香烟，在烟雾飘散之后，哭声也止住了。随即，一阵与一般人不同的脚步声，向远处传去，渐渐消失在单调的机器声里。

《科幻故事365》，国际文化出版公司，1991年7月，卜方明改编

苏　醒

刘学铭　等

躺在手术台上的是已故著名医学家约翰·史密斯的夫人阿米丽娅。那白皙富有弹性的肌肤和优美的身段使人无法相信阿米丽娅已经是70多岁的人了。

在40多年前，阿米丽娅的心脏病突然发作。在万分危急、无法抢救的情况下，她的丈夫约翰·史密斯给她注射了一种TRQ注射液，打那以后，阿米丽娅就进入了休眠状态。约翰·史密斯原本打算在合适的时候给阿米丽娅进行心脏移植手术，不幸的是不久后约翰·史密斯因车祸丧生。那时，其他医生是绝对不敢做心脏移植手术的，况且对如何解除TRQ注射液的效能，别人也一无所知，所以阿米丽娅就一直静悄悄地躺在医学院的无菌室里。

一晃40年过去了，阿米丽娅的儿子小约翰已经50多岁了，现在他已是一位杰出的外科医生。为了使母亲苏醒并健康地活着，他刻苦攻读，掌握了心脏移植手术这一当代医学的尖端技术。通过研究他父亲的医学著作和手稿，他终于明白了TRQ注射液的原理，以及解除TRQ注射液效能的方法。现在一切都已准备就绪，胸有成竹的小约翰给自己的母亲做了心脏移植手术，手术做得很成功。当阿米丽娅苏醒后，她凝视着小约翰，不解地问："亲爱的，你怎么突然变得这么苍老了呢？"她哪里知道，她一觉醒来，世上已经度过

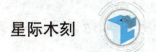

了40个春秋，站在她床边的不是她的丈夫，而是她当时才十几岁的儿子！

《科幻故事365》，国际文化出版公司，1991年7月，胡永永改编

冰　船

刘学铭　等

第二次世界大战期间，英、德海上交战十分激烈，双方都损失了不少舰艇。据可靠情报，两个月后，德军将在海上发动一次大战。为了对付德军的进攻，增添军舰成了英军迫在眉睫的问题。

在英国海军最高长官会议上，将领们争执不休，两个月必须造出5艘军舰，困难实在太大啦！在落实具体方案和人选时，大家不约而同把目光集中在年轻的弗莱特身上。

弗莱特由于屡建奇功，就是在这场战争中走进高级将领行列的。他经过深思熟虑，站起来说："为了打败法西斯，我愿冒最大风险，5天后拿出方案。"

他请来了少年时的同学——造船工程师阿尔南。阿尔南有着强烈的爱国心，并富于探索和冒险精神。他认真地进行了考虑，两个月后，就是冬天了。突然，一个大胆的设想在脑海中形成，他拍拍弗莱特的肩头："老朋友，我们来造冰船怎么样？"

最高司令部批准了冰船设计制造方案，决定由阿尔南担任冰船制造总指挥。阿尔南利用滴水成冰的严寒，用巨大的制冷机很快造出了5艘冰船。

两个月后，一场规模空前的海上大战开始了。5艘冰船像5把白色利剑，向德舰直冲过去，冰船1号、2号咬紧一艘德舰拼命开炮；冰船3号、4号截住一艘大军舰不放。在冰船炮火攻击下，一艘德舰

起火沉没，另一艘身中数弹。德舰队再也无心恋战，开足马力，仓皇逃走。

德国人逃回去后，惊慌失措地向上司报告：英国出现了 5 只白色的海上怪物，是炸不沉、打不烂的海上堡垒。

冰船也遭炮火袭击，为什么却能安然无恙？其实道理很简单，冰船内壁用制冰机降温，舰体被打穿后，马上加水进行冰冻修补，补好洞口，冰船就恢复如初了。

春天来临，冰雪消融，冰船也秘密消失了。但它的光荣却永远载入史册。

《科幻故事 365》，国际文化出版公司，1991 年 7 月，恩荣改编

怪　兽

刘学铭 等

W 国是一个美丽而富裕的岛国，友好国家与其来往不绝，敌对国家却对其分外眼红。最近，在 W 国沿海常出现一头形似章鱼的怪兽，不断袭击来往客商和游人，大批旅客由此而丧生。往日繁华热闹、游人络绎不绝的海岛，变得一片荒凉。

乔西里是 W 国海洋生物研究所的负责人，对怪物的出现感到很惊奇，决定为保护岛国的安全不惜生命，亲自去弄清真相。

乔西里驾驶一艘汽艇向怪兽出没的地方驶去，正在慢慢搜索时，突然在电视荧屏上出现了一个黑点，随即一个奇特的怪声传来。乔西里连忙调好录像机准备录像。为了取得更为准确的资料，他不顾生命危险，一边灵敏地逃避怪兽对小艇的袭击，一边对怪兽进行录像。以后他又连续跟踪追查了几次，终于查清了事实的真相。原来，这头怪兽是敌对国为了实现吞并岛国而研制出来的怪物，通过无线

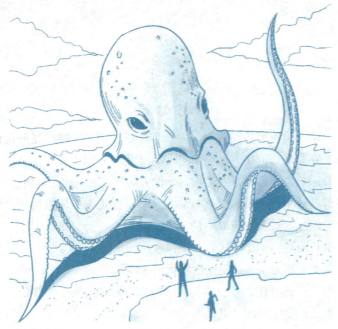

电控制它的活动。

后来，乔西里在怪兽身上采到一滴血，化验结果引起了乔西里的注意。他马上把数据输入电脑，通过计算分析，得知"如果怪兽身体一旦分解，就会繁殖成许许多多怪兽，岛国的处境将更为险恶。"乔西里吓得直冒冷汗，赶紧连夜赶到最高统帅部报告。

统帅部正准备用水雷爆炸法消灭怪兽，乔西里的报告也使他们出了一身冷汗。经过周密计划，决定派人把怪兽引到浅水滩里，最后用火烧死。

乔西里执意要去完成这项艰巨的"引路"任务，统帅部同意，并用直升机保护他。

……当怪兽在大火的围攻下变成一堆烂泥后，岛上的人都欢呼雀跃起来。

《科幻故事365》，国际文化出版公司，1991 年 7 月，烈梅改编

神 医

刘学铭 等

孙悟空到花果山访问时，发现那里已变成了一座漂亮的现代化城市。在参观访问中，他听到和见到了不少新鲜事。这天，他决定到中心医院去看看机器人是不是能像人们所说的那样会看病。

门诊楼里许多病人都在候诊。突然，走进来一位白发老公公，他踉踉跄跄，看上去病得不轻。

院长问他："您叫什么名字？家住哪儿？"

"我叫胡老圣，住正南门铁板桥 85 号。"

院长一揿电钮，旁边机器人的眼睛骨碌碌地转了一转说："报告，此人的名字和地址都是假的！"

白发老头气得跳了起来，"你这铁家伙，胡说！"

老人正要继续争吵，院长说："好了，让铁木耳大夫给您看病吧。"接着一个机器人走了过来，和老人握握手，问道："请问，大爷有什么不舒服？"

白发老公公说："我——我——痒痒——嘻嘻。"

机器人又转眼睛，又动耳朵，鼻孔还扇一扇，突然，他大喝一声："你是装病！"

老头蹦了起来："你胡说！"

"轰！轰！轰！"铁木耳的笑声震动着门窗，"你骗不了我，我这双眼睛，是最好的 X 光机；我的鼻子是'电子警犬'；耳朵能听到你身体里的各种声音；和你握手时就测量了你的体温、脉搏和血压……"

"乖乖，你真了不起！"老头跳了起来，当他往上蹦时，露出

了尾巴，众人都笑了，"原来是'齐天大圣'呀！"

《科幻故事365》，国际文化出版公司，1991年7月，周肖改编

魔　盒

刘 学 铭 等

谭凯是著名的数学家，刘丽是某医科大学的医学博士，经同仁的撮合，他们结成了伉俪。两年后，刘丽生了一个白白胖胖的小宝宝，小家庭里充满了欢声笑语。

现在，孩子两岁了，却不能喊他们一声爸爸、妈妈，刘丽为此不知流过多少泪。一向乐观的谭凯变得沉默寡言，有空闲不去钻研数学，反而翻起医学书。有一天，谭凯拿着一个十分精致的小盒子和一个极薄的金属片，要刘丽动手术把金属片植入孩子脑皮下，刘丽不肯。谭凯就滔滔不绝地向刘丽讲了起来，从医学讲到应用数学，从信号发生器讲到电子计算机，讲得不由你不信。原来那极薄的金属片就是小小的信号发生器，通过它能把大脑皮层活动的信号反射出来。那个小盒就是一个微型电子计算机，能在十分之一秒内将收集到的信号整理并分类处理，将需要表达的意思传递给扬声器，由扬声器发出声音来。听谭凯这么一讲，刘丽动心了，于是，刘丽亲自给儿子动了手术。没过几天，刀口完全愈合了。一试验，果然灵验，孩子竟能通过小盒说出自己"要吃饭""要喝水"等要求来了。经过训练，这孩子的"语言"表达能力要比同龄孩子强得多。刘丽高兴得抱住丈夫狂吻，孩子在一旁看了"嘿嘿"直乐。

《科幻故事365》，国际文化出版公司，1991年7月，恩荣改编

魔 管

刘学铭 等

贾聪做什么都没常性，学什么都不肯用心，常常叹息说："唉，做学问要是像看电影那么轻松就好了。"于是，他下决心找到一条捷径，可以不花多大的力气，就成为一个大学者。

从此，贾聪开始四处奔波去寻找这条捷径，结果到处碰壁，他感到沮丧极了。就在这时，他碰到了研究电子技术的老同学犟子，他正在研究一种魔管，把这种魔管的两头卡在两个人的头上，在一瞬间就可获得大量的知识。犟子把魔管的一头卡在贾聪的太阳穴上，另一端卡在自己头上，结果奇迹出现了。贾聪翻着一本自己一无所知的电子学书籍，就像看小学生的算术书一样容易，他高兴极了，以为自己真的找到了获得知识的捷径。然而，他还没高兴多久，犟子的话就给他泼了一盆冷水。原来只有在魔管的一端卡在另一个人的头上时，他才能获得那个人的知识，一旦拿下来，知识又会顺着魔管流回去。

贾聪现在明白了，要想获得知识，只有自己刻苦努力学习才是正确的途径啊。

《科幻故事365》，国际文化出版公司，1991年7月，恩荣政编

人与兽

刘学铭 等

为了发财干尽瞒哄昧心之事的亨利公司的经理亨利，将猩猩莎莎与黑人孩子米拉同笼，利用人兽关系，混淆视听；并与报界败类《镜

报》记者威尔逊勾结，大肆渲染，以招徕游客，攫取暴利。动物学家、驯兽专家菲利浦出于人道和对于科研事业的执着追求，冲破层层阻挠，救出猩猩和孩子，带到非洲，进行人性复归和兽与人性沟通的科研工作，断了亨利的财路。在道义上，亨利遭到全城人的谴责、唾弃，弄得声名狼藉。亨利由此对菲利浦恨之入骨。

与亨利合谋的《镜报》记者威尔逊，得悉菲利浦的姐姐尼拉莎来到本城，为报复菲利浦，使出新招。他找到亨利，唆使亨利将狮虎两笼中间的隔板抽去，造成狮虎同笼，两相残杀。猛兽相斗新闻又引起全城轰动，结果狮亡虎伤。亨利按与威尔逊密谋的计划，上门找尼拉莎，苦求尼拉莎收养伤虎，由其弟为虎治伤。

尼拉莎为百万富翁之女，乖戾任性。她不久前与足球运动员热恋，后被抛弃，失恋使她精神缺少寄托。在亨利的软骗硬欺下，尼拉莎陷入圈套，答应收养伤虎。

尼拉莎找到菲利浦。菲利浦到非洲后，与黑人姑娘安娜相遇，产生感情后结婚。尼拉莎出于种族歧视，坚决反对弟弟与安娜结合。菲利浦了解了事件的经过，知道这是亨利设下的诡计，但无法说服姐姐。尼拉莎见菲利浦不愿离开非洲，就断绝了对他的经济支持，使菲利浦生活陷入困难，孩子米拉求学无法，猩猩莎莎得不到应有的饲料，科研工作停顿。但菲利浦与安娜的爱情不变，不向困难屈服，以打鱼自救。

不久，菲利浦的旧友、A城著名律师卡尔教授来访，揭露亨利要尼拉莎收养伤虎是阴谋，目的是离间菲利浦姐弟的关系。菲利浦告诉卡尔，姐姐已经断绝他的经济来源，使他无法继续科研工作。卡尔十分同情菲利浦的遭遇，同时告诉菲利浦，他姐姐已将伤虎带到马达加斯加，把虎治愈后，现已与虎同床同居，后果将不堪设想，他要菲利浦尽快去救其姐。在卡尔帮助下，菲利浦赶往马达加斯加。

但在菲利浦到达之前，有一家报纸记者专程去尼拉莎家采访，虎见尼拉莎善意待客，兽性勃发，将尼拉莎咬死。

亨利和威尔逊的阴谋终未得逞。菲利浦没有被种种困难吓倒，他继续进行兽与人性沟通的科学实验，终于获得成功。

《科幻故事365》，国际文化出版公司，1991年7月，卜方明改编

电嗅器

刘学铭 等

年轻的S工程师经过长时间的研究和实验，试制成功一种叫"电嗅器"的装置。把这种装置安在电话机上，就可以闻到电话那头的任何气味。

虽然S是位天才的电子工程师，但是生活非常穷困。他唯一的朋友K是执政党议员丁的秘书。K得知S研制出"电嗅器"以后，给了S一笔巨款，并让他闻了一种气味，然后指示他每天晚上拨30～40遍一个电话号码。S照他的话做了，结果在第13天晚上，S从电话中嗅到了那种气味。他立刻告诉了K。第二天，M大臣由于他的儿子吸食大麻而被迫辞职，丁议员接替了他的职位。从此以后，对政治一无所知的S就用他的装置去帮助丁。随着一桩桩丑闻被揭发，随着丁的政敌纷纷倒台，丁最终当上了首相，K也成了议员。

S的生活开始变得豪华起来。他已经是一个典型的放荡鬼，无度地挥霍着新议员K所支付的款项。一天，S接到K打来的电话，像往常一样，他深深地吸了一口K让他记住的一种气味，结果立刻头晕目眩，昏倒在地。当天晚上，S的住宅燃起了大火。S最终成了

自己发明的"电嗅器"的牺牲品。

《科幻故事365》，国际文化出版公司，1991年7月，赵喆改编

她 是 谁

刘学铭 等

　　一个十来岁的小姑娘躺在血泊中，肇事的司机却逃之夭夭。"救人！"李子栋作为医生，强烈的责任感促使他急忙拦了一辆车，把小姑娘拉到了自己的医院，马上进行抢救。无奈小姑娘伤势过重，

李医生没能挽回她的生命。

这时，一个大胆而又新奇的想法突然跃上李子栋的心头。他不顾为此也许要承担的法律责任，趁着她的脑细胞还没死亡，果断地割下她的头颅，冷冻起来。

李大夫唯一的儿子先天痴呆，身体发育得棒棒的，但智力连正常儿童的十分之一都不到。作为脑外科医生，李子栋完成了平生最复杂、担风险最大的手术——他成功地将小姑娘的头颅移植到自己儿子身上。又考虑到小姑娘一定不愿意有一副男孩儿身体，于是会同其他科大夫给他作了变性手术。

小姑娘醒过来了，记忆恢复得很快。她给李大夫讲自己的家，讲自己的妈妈。当她知道以上这一切后，很快适应了身体的变化，而且懂事地称李大夫为爸爸。

随着小姑娘记忆的恢复，交通事故责任者很快落入法网。当个体户刘二狗坐在审讯室里，听到以上的故事，看着出来作证的小姑娘时，惊讶得半天没说出话来……

《科幻故事365》，国际文化出版公司，1991年7月，卜方明改编

戒 赌 药

刘学铭 等

我回到了朝思暮想的小山村，来看父亲和母亲。晚饭吃到一半，就听见隔壁打起来了。妈妈叹了一口气说："这个周三楞，越来越不像话了，一天天赌，回来就打媳妇，骂孩子。"

我站起身，从提包里拿出一瓶药，说要去隔壁劝劝周三楞。妈妈怀疑地问："你能行吗？"我满有信心地说："行！我有戒赌的药。"

话要从前年说起。那年我回到山村探家，由于这些年农村贯彻了联产承包责任制，美丽的山村变得富裕了。但是一股污浊的空气也在蔓延着，人们手里有了钱，许多人爱上了赌博，而且像周三楞等人嗜赌成性，八条老牛也别想把他们从赌场上拉回来。

我是研究脑神经的。回到医院后就想，这些赌徒们的脑神经类型是不是和正常人不一样呢？我专门记录了许多嗜赌成性的人的脑电图，与正常人比较后，发现这些人大脑内神经传导质——血清素不足。血清素是控制某些行为的重要物质，血清素分泌不足使得赌徒埋头于赌博而无力控制自己的行为。如果找到一种能改善大脑化学状态的药物，也许会改变赌徒的意念，使其改邪归正。按照这个思路，经过多次试验，我终于合成了 PNA。我曾经利用它拯救了许多赌徒，今天我又把它带到家乡来了。

我劝三楞吃了药，又给他留下一些。起初三楞媳妇说什么也不相信几粒白药片会把三楞从赌场上拉回来，坚持非要离婚不可。后来听我说得诚恳，才表示最后等他一次。看着一个濒于破裂的家庭也许会和好如初，我感到了自己工作的意义。

《科幻故事365》，国际文化出版公司，1991 年 7 月，李新仁改编

卵 生 猫

刘学铭 等

老鼠糟蹋粮食，毁坏衣物，为人们所深恶痛绝。怎样才能消灭老鼠呢？

遗传研究所最近搞成了一项新发明，为了提高老鼠的天敌——猫的繁殖能力，他们把鸡的遗传基因注入猫的体内，使猫能具有鸡一样的繁殖能力。其结果，被注入鸡的遗传基因的一只猫一年平均能生250个"猫蛋"，比正常情况下猫的繁殖能力提高了100来倍。

为此，他们特地建立了卵生猫的孵化场，孵化了一批又一批的良种猫。这种猫以食鼠为生，且生长速度快，一旦成龄之后，即由一个头猫领着四处捕食。由于它们集体活动，猎物的数量往往少于猫的数量，为了不饿肚子，这些猫一个个锻炼得骁勇异常，它们动作之敏捷，食速之快，真令人拍手叫绝。遗传研究所的工程师们预言不久的将来，卵生猫将不得不背井离乡到南方去捕食老鼠。

《科幻故事365》，国际文化出版公司，1991年7月，季力改编

"纸"衣服

刘学铭 等

倩倩是个很聪明、很勤奋的女孩，学习成绩一直很好，穿着一贯很朴素。可是最近这段时间倩倩突然变了，每周都要换一套新衣服。衣服款式新颖，美观大方，非常精美，把倩倩衬托得更加漂亮了。这一下班上可轰动了："倩倩怎么变化这么大？"

老师也注意到了这件事，又听到同学们的一些议论，决定找倩倩好好谈谈。"老师，我可以告诉您，您能替我保密吗？"老师笑着点了点头。倩倩一笑，慢慢讲出了新衣服的秘密。

原来，倩倩的爸爸是材料研究所的研究员，材料所研制出了一种应用材料——复合纸。这种纸轻便、质感强、保温、防水性能好，而且成本很低。他们准备用这种纸替代传统布料，做成各式各样的衣服。倩倩这段时间穿的正是这种纸衣服。由于这种衣服成本非常低，所以穿脏后就可送到回收站，经过加工，又变成了原料纸。这样不但能省去洗衣服的麻烦，还能经常穿到各种色彩、各种款式的新衣服。这就是倩倩每周换一套新衣服的原因。这种材料刚被研制

出来，还处于试验阶段，由于要同国外竞争，所以暂时需保密，只由家属来试验它的保温性、防水性、耐用性等。

"老师，您一定要替我保密哟！"倩倩说完，神秘地一笑。

《科幻故事365》，国际文化出版公司，1991 年 7 月，赵喆改编

我 的 梦

刘学铭 等

我的学习成绩在全班居第一位。父母宠我，老师喜欢我，同学们也都愿意和我在一起。

可是，我却相貌平平，于是便产生了一个很大的烦恼：我为什么不

是班里最漂亮的女孩儿？我宁愿用我所有的成绩去换一副俊美的面容。

机会终于来了。

爸爸的好朋友张叔叔是天王星上著名的生物学专家，研究课题就是如何改变人的面容。经过上万次实验，他找到了利用基因改变外貌的方法。他已为天王星上几乎所有的人都换上了一张美丽、潇洒的脸庞。更让人兴奋的是，他终于答应带我去天王星做面容改换手术。

天王星上的居民真是美丽动人，一下飞船，我便看到了几张世上最完美无缺的脸。鼎鼎有名的林青霞，世界明星英格丽·褒曼都在这儿。咦，看！从那边又走过来5个林青霞，10个波姬·小丝。

张叔叔告诉我说，他们都做了面容改换术。这种手术是根据DNA能控制人的特征这一原理发明的。俗话说："种瓜得瓜，种豆得豆"，这是由于遗传基因作用的结果；孩子长得像父母，也是由于子女从父母身上得到了遗传基因。张叔叔根据这一生物遗传特性，从林青霞等人的身上采集了DNA遗传基因，并进行复制，用它们来改变被手术者身上的基因。这样，被手术者就能得到漂亮的面容。

我终于得到了一副满意的面容。我想，地球上的同学们一定会羡慕极了。可走在天王星球上，没有一人用崇拜的眼光看我，因为大家都很美丽。我也碰到了数百个长相与我相同的人。

突然，一双大手把我紧紧抓住。一个男人满头大汗，兴奋地说："可找到你了，咱们快回家吧！"原来他与妻子逛商店时走散了，许多女人的长相都与他妻子一模一样，他错把穿着与他妻子一样的我当成了他妻子。他已经找了她一整天了。

这时，一名警察向我跑来，说我是前天偷盗珠宝的人。当然，这又是一场误会。

我突然醒悟：地球之所以丰富多彩就是因为那里的人们性格、相貌各式各样，互不相同。只有地球才是一个色彩斑斓的世界。我要我原来的相貌！可是我却找不到张叔叔了。

一场噩梦醒来了，我的烦恼也没了。

《科幻故事365》，国际文化出版公司，1991年7月，胡康康改编

花 与 锁

刘学铭 等

1970年，某市向阳东路的一幢小白楼连续发生两桩命案：一家五口人睡过一觉后，第二天都无声无息死去。两个月后，恐怖悲剧重演，一对新婚夫妇莫名其妙地命归黄泉。

小白楼是幢日本式建筑物，伪满时曾是日本著名物理学家伊藤的私宅，新中国成立后作过房管局办公楼、居民住宅，最后成为邮电局的招待所。

侦察人员唐亮和卢扬负责侦破此案。群众向他们反映，小白楼内曾多次传出樱花琴声，于是卢扬在楼中安装窃听器录下琴声。卢扬学会了琴曲，于深夜伪装成旅客住进招待所，以琴声诱出了当年日本宪兵队长川岛的勤杂工罗宝。罗宝交代，小白楼内有地下仓库，内藏军火和财宝，但进入地下仓库的通道是一道铜墙。铜墙是日本人伊藤教授用高超电子技术制成的，必须有樱花琴奏出的规定乐曲和早上盛开的白玫瑰才能打开。川岛在地下仓库完成最后一道工序时，将参与工程的伊藤及其学生张岩处死。伊藤临终前将遗嘱托另一学生黄非交给女儿伊藤英子。后来英子回归日本。

1970年，英子以教授身份来到中国讲学。她发现被人跟踪，立即与警方的卢扬和唐亮联系。她向两位公安人员讲述了当年父亲被害的情况，并告诉卢、唐，跟踪她的人正是当年父亲的学生黄非，卢、唐设计让英子接待黄非。黄非找到英子后，向英子了解进暗室的密码。实际上，除按规定必须不断演奏乐曲外，还得加上早上7点盛

开的白玫瑰，在声、香具备的条件下，铜墙才能开启。此密码黄非只掌握一半，所以始终无法开启宝库。英子出于对父亲的热爱，坚决遵照父亲的遗嘱，将从中国掠夺的财富还给中国人民。她把开启宝库的密码毫无保留地告诉了卢扬和唐亮。

掌握了英子教授提供的开启地下仓库的密码后，侦察人员进入了小白楼，张网等待鱼儿上钩。黄非从英子那儿获得开启仓库的密码后，于深夜潜入小白楼，企图开启地下宝库，结果落网。令人意外的是，与黄非同谋的是邮电招待所所长山田光子。她原是川岛的情妇，后乔装成中国人，混进招待所。至此案情明朗：原来当年伊藤制作暗墙时，川岛派山田光子当伊藤的女佣人，监视伊藤的行动。光子在川岛手下做了不少坏事，日本投降后，被关押，后很快获释。以后她遇见黄非。黄非把当年在伊藤家中发现的秘密告诉光子，两人便勾搭成奸，结成了为盗取那笔巨额财产而奋斗终生的伴侣。光子设法混进当年伊藤的私宅，即现在的邮电局招待所，当上了所长。1970 年两桩命案的凶手，就是他们两个。

《科幻故事365》，国际文化出版公司，1991 年 7 月，卜方明改编

救命雨

刘学铭 等

饥饿和干旱笼罩着非洲大地，布迪西比村的难民已经断粮三四天了，人们饿得两眼发花。他们都眼巴巴地盼着联合国救援署的人来分给他们一点吃的东西。然而，传来的却是坏消息，三辆卡车由于气温太高，轮胎晒爆，搁在沙漠里出不来了。

一阵狂风过去，吹来一丝丝凉意。突然，电闪雷鸣，急风暴雨不期而至。奇怪的是与暴雨同时由天而降的还有许多麦粒，饥饿的

人们见到这麦粒如同见到救星一样，拾起来就往嘴里塞。麦粒过后还有更好的，一个个密封好的小面包，甚至有人还捡到了几盒小罐头。村民们基本吃饱了，孩子们有精神了，一些上了年纪的人合掌祈祷，感谢上帝的救命之恩。

其实，这根本不是上帝给他们下的救命雨。原来，救援署的人看到救援物资实在运不进布迪西比村，他们预先测出了这次降雨，利用人工制造的龙卷风，把食品变成小包装，卷上天，再降落在布迪西比村。

龙卷风本来是大自然中的怪现象，我们现在不仅能控制它，使用它，还能制造它，让它为人类造福。

《科幻故事365》，国际文化出版公司，1991年7月，季力改编

弹 子 球

刘学铭 等

布鲁姆和普列斯在大学时代是同学，后来又共事多年，但俩人却格格不入。布鲁姆思维敏捷，注重实际，不但能从科学发明中找到实际应用的可能性，而且更善于从所做的每一件事中攫取十足的利润。而且，当他变得越来越出名和富有的时候，普列斯却一直在大学里任教。

有一次，普列斯产生了一种新的设想，认为这种设想能够减弱引力。消息传到布鲁姆的耳朵里后，他决定建造世界上第一台"无引力机"。

普列斯则认为这是不可能的，并通过报界讽刺布鲁姆在弹子球桌上常常是他的手下败将，还说布鲁姆大学没有毕业等等。

几个月后，布鲁姆发了请柬，邀请人们来观看他的"无引力机"，

普列斯也在其中。招待会上，布鲁姆把他的对手冷嘲热讽了一顿，普列斯则只是神色淡定地一言不发。

最后，大家终于看到了那台"无引力机"，它的下面放着一个有圆孔的弹子球台。当机器运行的时候，弹子球台圆孔上面的引力就会减弱，直到引力为零。

布鲁姆用命令的口气让普列斯把弹子球沿着球台打进圆孔中，因为他知道在无引力的情况下，球已不再随地球转动，它将会离开地面，不可能再掉进圆孔中。

普列斯犹豫了好久，最后终于用球棒触动了那枚弹子球。结果谁也没有料到，弹子球竟闪电一般洞穿了布鲁姆的胸膛。

事后，普列斯内疚地说，如果当时他有充分的时间考虑的话，他会想到在引力为零的情况下，物体只有一种运动方式，那就是以光速运动。当弹子球击中布鲁姆的时候，是以 30 万千米每秒的速度运动的。但是，那枚弹子球是如何不偏不倚地击中布鲁姆的呢？谁也不能肯定。

后来普列斯先生接管了布鲁姆规模庞大的公司。如今，他也像布鲁姆一般的出名和富有了。

《科幻故事 365》，国际文化出版公司，1991 年 7 月，阿敏改编

新 经 理

刘学铭 等

我在公司销售科任科长，负责销售宇宙旅行者使用的手提袋。内线电话响了："经理叫你去，想问问计划执行情况。"我不情愿地向经理室走去，路上遇见无精打采的制造部长，可以想象他也是从经理室出来的。

进了屋，我端正姿势，低下头，向新经理致辞问候。经理大发雷霆："喂，再把头低下一些，上身向前倾斜30度，我喜欢标准30度，重做一遍！"

我心中怀着不满，好不容易完成了经理喜欢的30度敬礼。经理毫无表情地看着我，"我要听听工作计划执行情况的报告。"我把本期的计划执行情况向经理说明。突然他举起手打断我的说明："喂，方才你是说55%？"

我慌忙重新看文件，是讲错了。"很抱歉，应该是54%，这是1%的误差。""错误就是错误，1%的误差也不行。"

我还没有从不安中解脱出来，经理的注意力又转向另外一点。"最近，你使用的交际费很多啊！那是为什么呢？"我辩解，为了使买卖成交，总要招待一下销售店负责人。"不行，不需要那么干，费用应该花在提高产品质量上。""您的意见很有道理，但是……"

"不要再说了，我的意见是正确的。今后要停止招待，这是命令。""明白了。"我敬了一个标准30度的礼，准备离开。

"喂，再稍等一下。"经理喊住我，"请帮忙打扫一下我的耳朵，愿意干吗？"经理的话是不能拒绝的。我拿起螺丝刀，小心谨慎地拆开了用软塑料制造的脑壳部分，然后用小吸尘器吸出音响接收装置周围的灰尘。我一边干，一边愣愣地想，儿时常常幻想，到了使用机器人的时代，人们就会逍遥自在舒适地工作，那该是多么光辉而快乐的情景。但是，现实完全不是那么回事，我们这里却是按照机器人的命令一心一意地干活。

经理的头部结构很精巧，塞满了许多微型装置。依靠这些精密装置的作用，不论多么小的事情，一旦被他记忆就永远不会消失。我真想举起锤子打碎这位经理的脑袋，但是，真要那么做了，可要受到严厉的惩处。要知道，为了制作这样一个经理，公司可花了一笔巨款啊！

《科幻故事365》，国际文化出版公司，1991年7月，李新改编

醒 脑 器

刘学铭 等

司机克特有一个毛病,开车时老是打瞌睡,白天还算比较轻点,晚上就更加严重了。

一天傍晚,公司经理让他晚上出车。当他驾车到达离市区 100 千米的地方时,打瞌睡的毛病又犯了,结果与一辆货车相撞。虽然他只受了轻伤,但是公司却损失了将近 500 万美元。他被公司停职了。

一天,他的朋友西克来看望他。克特对老朋友诉说了自己的遭遇。

西克说:"噢!老朋友,请不要担心,我现在已经研究出一种防睡的电子醒脑器,这是一条由直径 4 毫米的铅质圆片组成的带子,当中装有特制的温差电偶,使用中制冷。当你开车外出时,只要把醒脑器的电源连接在汽车的蓄电池上,并把带子系在前额上,则带子将保持恒温水冷状态。这样,醒脑器将使你保持头脑清醒,不致瞌睡。今天我特意为你带了一个来,今后你开车可以放心了。"

停职期满后,只要克特有出车任务,他都带上醒脑器。结果次次出车,无论是白天还是夜晚都很顺利,连续安全行车两年,为公司做出了很大的贡献,并为此而得到公司的嘉奖。同事们都觉得很奇怪,忙问这究竟是什么原因。

"是醒脑器,它使我重新获得了信任和生命。"

《科幻故事 365》,国际文化出版公司,1991 年 7 月,阿敏改编

鳗鱼王

刘学铭 等

王涛的爸爸出差回来，给他带回了一个小小的礼物——一张小渔网。王涛一直在心里暗暗盘算着：抓几条大鱼回来给爸爸洗尘，让爸爸大吃一惊。

他起了个大早，偷偷一个人拎着小水桶，拿着小渔网到河边去。他捞啊捞，太阳升起好高了，一条鱼也没有捞到。这时，一位老公公也抓鱼来了。他从水桶里拿出一条又大又肥的鳗鱼，放入水里，把渔网也放到水里。只一会儿，一群鳗鱼游了过来，直往老公公的渔网里钻。等鱼完全钻进网里，老公公才把渔网捞起来，好家伙，

一下就抓了好几条。随后，老公公从中挑出开始放入水中的那一条，又放入河中。不一会儿，又一群鳗鱼钻进了老公公的渔网里。王涛可奇怪了，眼睛越瞪越大。老公公笑眯眯地说："小朋友，你一定很奇怪吧，让我给你讲讲其中的道理。"接着，他就慢慢讲了起来："你看，我事先放入水中的不是一条真鱼，而是一条电子鱼，外面是橡胶软壳，做成鳗鱼的形状，在水里能像真鳗鱼一样地游动，真假难辨。鳗鱼有个特点，能通过一定的信号彼此联络。我把电子鱼放入水中之后，让它发出'前面有食物'的信号，其他鳗鱼接收到以后，就会跟着它游来。我这个渔网也是特制的，能发出电子信号引导电子鱼游向渔网。""原来是这么回事。"王涛恍然大悟了。

老公公临走时送给王涛两条又肥又大的鳗鱼，他拍着王涛的脑袋说："小朋友，好好学习吧，科学知识可大有用处啊。"王涛点点头，在心里暗暗下了决心……

《科幻故事365》，国际文化出版公司，1991年7月，恩荣改编

一想而就

刘学铭 等

夏青是名专业作家，常常苦于无法静心写作，又常常困扰于灵感的倏忽而逝。他为此非常懊恼。

这天，他的好朋友吴戈找上门来。吴戈拿出一台仪器，对夏青说："我正在进行一项试验，一项对脑电波研究和生物电流控制的试验。平时我们的思想不集中，是因为大脑皮层同时有几个兴奋灶在活动，其中有主要的和次要的。我这台仪器的作用就是抑制那些次要的兴奋灶，激活主要的兴奋灶，以消除杂念干扰，使创作构思畅通。这台仪器上的耳机可以将思维时产生的生物电流送进仪器，计算机把

它译成文字，于是就写出了作品。我想你可以帮助我们作一下试验，所以就拿来让你试用一下。"

晚上，夏青把耳机插上，又连接上计算机的电源，点亮台灯，开始凝神构想。半个小时以后，他取下耳机，计算机便把储存的信息打印了出来，是他的一部新长篇的第一章。夏青兴奋极了，看来，如果使用这台仪器的话，那么一个有丰富的实践经验和相当程度的写作技巧的作家，就可以在一天内写上五六万乃至十多万字的文稿，这可称得上是"一想而就"了。

《科幻故事 365》，国际文化出版公司，1991 年 7 月，恩荣改编

天外来客

刘学铭 等

M 国某电影制片厂为拍摄一部反映太空战争的影片，在招聘特技演员。一位自称是来自 G 洲的人前来应聘。他在摄影棚中按了一下自己带来的一部神奇的仪器的键盘，顿时，漆黑的布景上出现了宇宙空间的奇景。一艘圆盘状的外星飞船迎面而来，紧接着电闪雷鸣，激光枪"砰！砰！砰"射出四个大字"星际大战"。字幕闪过之后，"战争"开始了，从未见过的飞船，从未见过的武器，从未见过的外星人一一出现。导演十分高兴，立即和此人签订了合同。另一位导演要拍一部反映土著人生活的故事片，此人又用神奇的仪器放映出与导演设想一一吻合的镜头来。

这件事引起了 M 国中央情报局的注意，他们想秘密地拘捕这位神秘的人物，弄清其背景。一天深夜，几名特工人员突然闯入这位神秘人物的卧室，就在他们亮出手铐的一刹那，一股强烈的电流把他们纷纷击倒。他们眼睁睁地看着电影中曾出现过的飞船把这位神

秘的人物接走了。一阵旋风过后，他们才恢复了自由活动的能力。特工人员惊喜地发现那神秘人使用的仪器还遗留在现场，这是一部能收集任何人大脑思维电波，并借此制造出种种幻觉的危险工具。

神秘的外星人，神秘的 UFO，总有一天会被地球人所揭示。

《科幻故事 365》，国际文化出版公司，1991 年 7 月，季力改编

无敌猛士

刘学铭 等

西西里是意大利一个美丽的海岛，岛上贩毒集团、黑手党的犯罪活动甚为猖獗。西西里当局决定花巨金从美国购买警察机器人——迈克，以帮助他们维护社会治安。

机器人警察迈克用不锈钢制成，装置了全自动电脑，身上还装有特殊的红外线。它们可以让迈克很快地识别犯罪分子，从而进行各种拘捕活动。

第二天，迈克开始了它的第一次上街巡逻。他见两个少年正在向行人兜售海洛因，便径直走到那两个少年身边，说："少年人应该上学读书，回家做功课，不要在街上乱跑，更不能干坏事，不然让警察叔叔抓住了，那可不是滋味啊！"两个少年听了，点了点头。迈克把他们放了。

这一年经过迈克和警察们的辛勤努力，西西里的治安有了明显的改变，旅游者数量急剧增加，财政税收直线上升。只要迈克一出现，犯罪分子无不闻风丧胆，这可把犯罪团伙给气坏了。西西里最大的犯罪集团头目费罗气得咬牙切齿。他把几个手下召集在一起，嘀咕了一阵，几个手下马上分头行动。

这天，迈克在临海街道巡逻时，发现有几个人正坐在一辆黑色

轿车里交头接耳。迈克觉得有问题，便跟着把车一直开到郊外一座正在修建的厂房附近。迈克停好车，单身直奔厂里而去。刚走进厂房，就有多种武器一齐向他开火。迈克是刀枪不入的，他一边还击，一边向里直冲。突然在迈克的面前转出了这伙犯罪分子的头目费罗。"费罗，赶快放下你们手中的枪！"迈克喊道。

费罗带着嘲笑的口气说："有那么容易吗？"

迈克也不管三七二十一，拿出手铐朝费罗走去。忽然一物迎面而来，迈克躲闪不及，被击中头部，当即跌倒，此时，高空一块大磁铁直降而下，把迈克整个吸在磁铁上。犯罪分子把迈克移到一张早已准备好的机床上，用铁链层层拴住，然后拿出各种工具，不一会儿便把迈克分解了，最后得意扬扬地走了。

警察局不见迈克，非常着急，派人四处搜寻，终于在郊区的厂房里找到已面目全非、还在痛苦呻吟的迈克。他们把迈克运回警察局，又重新编排了程序，让迈克重新站了起来。迈克气坏了，发誓定要抓到费罗。经过几个月的明察暗访，迈克终于找到了匪巢，并活捉了匪首费罗。

《科幻故事365》，国际文化出版公司，1991年7月，季鼎仁改编

丹丹破案

刘学铭 等

一天，爸妈照常去上班了。四岁的小丹丹在屋里锁好门，趴在地板上画画。"吱"的一声，外面的门被人撬开了，一个盗贼走进了她家里。他把小丹丹用床单捆了起来，放在床上，然后翻箱倒柜，拿了丹丹妈妈的几件黄金首饰就走了。

等到爸爸下班回来，见家中失窃，便马上向公安局报案。警察

勘查现场，却搜集不到任何证据，原来那个盗贼很有经验，在临走时将一切可能留下的痕迹都抹去了，连气味都用香水遮掩了。小丹丹说她看见了罪犯的脸，警察把小丹丹带到了公安局。在一间布满高级仪器的屋子里，一位温和的老爷爷告诉丹丹，在灯光变色时，她就开始想那罪犯的模样，电子屏幕就可以显示出罪犯的影像来。

"这个太容易了。"丹丹说。

突然灯光一变，整个屋子像梦境一般，丹丹回想着那人的容貌。不一会儿，灯光一亮，丹丹看到了屏幕上的一幅肖像，她大叫："就是他，真像。爷爷，我以后要学画画了，想想就能画，这有多好！"

那位爷爷告诉她："学画画可以锻炼一个人观察事物的能力，还可以培养个人良好的情操。等到你长大以后，就会明白，这种想象画是用现代高级科学技术，通过对人的安全催眠后，将人的思维活动转化为电子信息，然后再在屏幕中显示出来。它也要与本人的修养有关！"

对这位爷爷的话，丹丹似懂非懂。由于丹丹提供了线索，很快就破案了。报纸还发表了文章，表扬丹丹的聪明、勇敢。

《科幻故事365》，国际文化出版公司，1991年7月，赵喆改编

幻影诱"狼"

刘学铭 等

京都银行被盗，龟田警长立即赶赴现场。他看到银行保险柜被撬，3亿日元不翼而飞。凭经验，他判断这一定是小山一郎和客屋一郎这两只"狼"干的。他们每次作案之后都用"电子振荡灭踪仪"把现场的蛛丝马迹扫得荡然无存。由于没有证据，这两只狼至今仍逍遥法外。

　　银行被盗的第二天，龟田警长在酒吧里遇见了电影导演木村先生。木村邀请龟田到自己的创作室看看。到了木村的创作室，刚一进屋，四壁骤然明亮起来，他们立即仿佛置身于香港海滨的美景之中。木村一揿电钮，他们又进入了茫茫的非洲丛林。龟田禁不住赞叹道："太妙了！"木村笑了笑说："我们新创办的幻影株式会社为各界提供的全息彩色电影。"龟田一听，心中便有了一个主意，掏出了一张客屋一郎的照片，请木村给他导演一个小节目。

　　几天后，小山一郎因在公共场所闹事，被警视厅拘捕。夜里他趁看守人员不在时偷偷从天窗爬了出去。当他路过一间办公室时，往里一看，只见客屋一郎被铐在椅子上正在接受审问。只听客屋一郎说道："那天盗窃银行的事是我们干的，小山一郎还干了许多坏事，我都知道，我一定如实交代，立功赎罪……"又谈了一会儿，警官

们全走了，只剩客屋一郎仍被铐在椅子上。小山一郎顺手抄起一根木棒，蹑手蹑脚地溜进屋里，抡起大棒狠狠地向客屋一郎的头上砸去……不知为什么，小山一郎扑了个空，摔倒在地上，糊里糊涂地被门外冲进来的龟田警长铐上了手铐。在审讯室里，小山一郎交代了他和客屋一郎盗窃银行的经过。然而他做梦也没想到，刚才那一幕是专门为他导演的全息彩色电影，那间屋子里，除了一台激光发射仪以外什么也没有。

《科幻故事365》，国际文化出版公司，1991年7月，卜方明改编

生日礼物

刘学铭 等

胖胖的爸爸妈妈都是从事生物科学研究的专家，他们对自己的事业如醉如痴。在胖胖不满周岁的时候，他们就带着胖胖到了一个山里面的研究所工作。

10多年过去了，胖胖的爸爸和妈妈又带着他回到了城里，他们依然是大忙人。胖胖是个懂事的孩子，还在山区里时就学会了生活自理，到城里后，很快也不用父母操心了。可今天胖胖有些生气了，因为今天是胖胖的生日，又恰逢周日，爸妈早就说好了，今天要带他一起在城里好好玩儿一天。可是现在却连个人影都没有。

等了一天的胖胖不再想过快乐的生日了，却不自觉地想起了他在山里时的"小朋友"们——小画眉、小鹦鹉、雄鹰等。正在胡思乱想之际，一只雄鹰飞到了他的肩头上，胖胖想着的就是这头雄鹰——他在山里时最为亲密的朋友。

"胖胖，祝你生日快乐！"胖胖一惊，这鹰怎么会说话了？正在胖胖吃惊时，爸爸妈妈推门进来了，手里提着生日蛋糕，脸上挂

着笑容。这只雄鹰是胖胖回城时带回来的唯一东西，后因城里饲养不便，就送到了爸妈的新研究所，胖胖还去看过几次。现在爸妈回来了，胖胖也明白了，雄鹰就是爸妈以前说过的今年要送给他的特殊生日礼物。想到这些，胖胖一天的不快烟消云散了，他高兴地扑到爸爸怀里。

原来，在胖胖将鹰送给研究所以后，爸爸妈妈就决定将自己10多年来研究得出的生物工程理论，在这头鹰身上进行试验。具体做法就是将几种动物的基因，通过先进的生物工程技术，移植于某一种动物身上，使之具有多种动物的优良特性。这只鹰就是移植入了画眉、鹦鹉的基因的结果，它飞行时，有鹰的矫健；静养时，可以像画眉、鹦鹉一样给你增添生活的乐趣。现在试验取得成功，进一步研究就是如何将这一理论应用于人的身上，让人具有大自然动物中所有的优良特性。那时，人就是大自然中真正的上帝了。

《科幻故事 365》，国际文化出版公司，1991 年 7 月，赵喆改编

万能语言翻译机

刘学铭 等

巴西政府举行了一次记者招待会，会后邀请各国记者沿亚马孙河顺流而下去旅游。当旅游船在一个简陋的码头靠岸后，记者们蜂拥而上，想拍下这美洲丛林里的原始景色。忽然，一声断喝把他们全定位了，再看四周，都是一些半裸的印第安人。他们手持梭镖和弓箭，瞄准了在场的所有记者，叽里呱啦喊了一阵话。大家听不懂，面面相觑，一起把目光投向了中国记者郭润杰，因为只有他通晓各国语言。小郭不慌不忙地走过去，戴上耳机，插上一个小麦克风，把他那精巧的手提包上的按钮轻轻一调，竟叽哩哇啦地跟这些印第安人聊了起来。他们聊些什么谁也没听懂，不过从印第安人放下武器，端出一盘盘冰椰果的表情来看，是不用害怕了。

误会解除后，记者们团团围住郭润杰，要看看他的小手提包。郭润杰自豪地告诉他们："这是我们中国新发明的万能语言翻译机。这种机器是用电脑操纵控制的语言通用机，其特点是体积小，重量轻，携带方便。不论是世界上哪个国家，哪个地区的人，使用何种语言，用它均可同时自由交谈。"小郭说完后，在场的所有记者都向他投以羡慕的眼光，他们多么想得到一台像小郭拥有的那种万能语言翻译机呀！

《科幻故事 365 夜》，国际文化出版公司，1991 年 7 月，恩荣改编

不用电的照明灯

刘学铭 等

21世纪30年代，人们为了解决夜间照明问题，发明并推广了人造月亮。人造月亮的亮度是天然月亮亮度的5倍。几乎每100万平方千米的地区在30年代末，都在自己的上空挂有一个由特殊材料制成的人造月亮。但是久而久之，人们普遍感觉到，自从有了人造月亮以后，白天黑夜区别不大，连时间都记不清了，从而造成大家工作与休息的步调不一致。比如说同是邻居，一家正热热闹闹地吃午饭，另一家则在呼噜呼噜睡大觉。这样一来，世界就乱套了。在这种情况下，许多国家和地区应民众要求拆除了人造月亮，重新点起电灯。

2053年，中国一位叫李佩的光学材料学教授根据人造月亮和太阳能电池的原理，用他发明的一种人造夜光材料，研制成最新的人造宝石——一种不用能源，夜间自然发光的新型灯泡。这一举世震惊的发明最终取代了全世界的人造月亮，进入了家家户户，解决了人们照明与生活休息间的矛盾。这种由特殊硅制成的灯泡被国家光学研究中心命名为"李氏珠宝"。

《科幻故事365夜》，国际文化出版公司，1991年7月，周肖改编

心灵深处的秘密

刘学铭 等

柯尔教授的学生唐英在遗传研究工程方面取得新成果，引起社会轰动。博物公司总经理布特为牟取暴利，妄图垄断专利，利诱教授，遭教授拒绝。布特又企图拉拢唐英，假装关心他的健康，把唐英接进事先联系好的医院，派机器人尼丝监视唐英，并化装成柯尔教授的女儿，深夜勾引唐英，唐英不为所动。布特又派人去偷盗柯尔女儿、植物学家艾丽的日记，经改造后投寄给唐英。唐英心情受到干扰，对艾丽产生了怀疑。

对尼丝的一再干扰，唐英向值班大夫提出强烈抗议，要求立即出院。大夫以进行神经和心脏测试为由加以搪塞。

柯尔来医院探望唐英。唐英要求出院。柯尔帮助安排他出院，并让唐英去女儿处做短期旅行。唐英正想对在医院中所遇到的事进行证实，于是同意去找艾丽。

唐英与艾丽见面交谈后，发觉在医院里发生的一切与艾丽无关，同时也了解到20多年前，柯尔教授因拒绝研究"生物武器"，被海军研究所开除。老教授为继续研究遗传工程，获得经费，只好与博物公司签订合同，受布特摆布。艾丽为了父亲，放弃了自己的学术研究，搞植物应用科学，为博物公司创造经济效益。艾丽的真诚使唐英感动，他取出在医院收到的伪造信件。艾丽陈述了自己日记被盗的经过，却又说，信中所表达的对唐英的爱慕之情确是出自真心，并深情说，希望唐英赶快回国，以了却他们之间的一段恋情。唐英感谢教授的培育，永远不忘艾丽友好的深情。

柯尔教授获知博物公司布特要的阴谋，深恶痛绝，愤而辞职，眼看事业中断，教授忧心万分，走投无路时，恰好教授的老朋友从瑞士来信，邀请柯尔去那儿继续研究遗传工程学新领域。唐英此时已与国内联系，也向教授提出："柯尔老师，如果您的学生向您发出同样邀请，您是否能优先考虑？"同时他向艾丽表达了自己的爱慕之情。柯尔教授激动地说："好吧，孩子，我和艾丽先送你回国，并在那儿做短期的旅行，呼吸一点新鲜空气，然后，再决定最终的归宿。"

《科幻故事365夜》，国际文化出版公司，1991年7月，卜方明改编

再也不怕近视了

刘学铭 等

小舟有一个坏毛病，就是喜欢躺着看书，一时又改不过来。这个习惯其实也是因为好读书才养成的。原来小舟七八岁的时候得过一场大病，每天躺在床上，无聊时就靠读书来消磨时间，日子一长就养成了躺着看书的习惯。现在病虽好了，可习惯不是那么容易改的，妈妈真担心小舟会变成近视。一次外公来时，妈妈向他说了自己的担忧。没过几天，外公乐呵呵地来了，一进门，就拿出一副眼镜来对小舟说："以后再躺着看书，就戴上这副眼镜吧。"

"外公，我还没近视呢！"小舟有点不高兴地说。外公笑了，说"这可不是近视镜，而是近视的克星啊！这种眼镜是三棱形的，能折射光线，可以让躺着的人不必抬起身体就能阅读手上的书报，而不必担心会近视。"

小舟高兴了，这可解决了他的大难题。以后，小舟每天坚持坐着看书，坐不住时就戴上眼镜躺在床上接着看，3个月后，他的习惯就已经完全克服了。

《科幻故事365夜》，国际文化出版公司，1991年7月，季鼎仁改编

行动自如的盲人

刘学铭 等

国平是我最好的朋友。两年前，我忽然得到消息，国平由于意外事故，双目失明，我难过极了。

这次有机会到国平所在的城市来，一办完公事，我就找到他住的地方，敲响了他的房门。

门开了，我面前站着一个戴着墨镜的人。听到我的声音，他张开双臂拥抱了我，然后把我拉进屋里，让我在沙发上坐下，又给我沏上一壶茶，拿出水果招待我。

我看着他在屋里来来回回地忙着，动作是那么自然，不禁有些纳闷，终于忍不住迟疑地问："国平，你是不是做了视网膜移植手术？"

国平听了我的话，笑了，说："我的视神经已经完全被破坏了，做手术是没有用的。你一定是看我的行动跟平常人没有什么区别，所以才感到奇怪吧。其实这都是我戴的这副眼镜的功劳。这种眼镜是受了蝙蝠的启示制成的。它能像蝙蝠一样发出超声波，而且还能接收超声波的回声，所以戴上它就能以听代看了。不同的物体会给我不同的回声，时间长了，记住了它们的回声，我就可以分辨出前后左右有些什么物体了。"

原来如此！我从内心感谢那些制造出这种眼镜的科学家，因为是他们使盲人从步履蹒跚变成行动自如，这是一项多大的贡献啊！

《科幻故事 365 夜》，国际文化出版公司，1991 年 7 月，周肖改编

会说话的照相机

刘学铭 等

　　王强是我的朋友，前几天听人说他摆起了照相摊，而且生意还相当不错。从没使用过相机的他怎么会照相呢？

　　第二天，我便跑去看王强照相。我到的时候，王强正在给两个小姑娘照合影。忽然，一个声音传入我的耳中："镜头盖没打开。"

　　王强赶紧拧下镜头盖。这是谁在提醒他？我环视了一下，不知刚才是谁在说话。正在这时，又一个声音传入我的耳中："光圈太大！"

　　这是怎么回事？我被这突如其来的说话声给搞糊涂了。等王强给那两位小姑娘照完，我急不可待地将这些疑问说了出来。王强听后哈哈大笑，然后说："你看看这架照相机吧，刚才就是它在讲话。"

　　原来，这是一台会说话的照相机。在相机的里面安装了一个小电脑，可以随时提醒粗心或技术不熟的拍照者，把某些应该注意到的操作技术用语言提醒他。另外，相机上还附有一系列指示灯加强这些警告。如红灯亮表示光线不足，绿灯闪烁表示焦距未对准等。原来照相机上有了这些装置，难怪从没学过照相的人也能摆摊照相呢。

　　《科幻故事365夜》，国际文化出版公司，1991年7月，李力改编

发明家的浪荡子

刘学铭 等

泰森的父亲是一位伟大的发明家，而泰森却是一个游手好闲的不肖之子。他整天吃喝嫖赌，欠了一身赌债。这天，穷困潦倒的泰森又在家里翻腾上了，他想看看家里还有什么值钱的东西可以变卖。突然，他发现贮藏间里有一个木箱，打开一看，里面是一台仿真机，可把泰森给乐坏了。

泰森从赌友那里借来一张 1000 元的现钞，往仿真机里一放，把仿出来的假钞与原钞一对照，质地、花纹、图案、形式丝毫不差，辨不出真伪来。泰森激动得浑身发抖，他一张又一张地仿造着，一夜之间他竟成了百万富翁！

第二天，他装了满满一皮包钱，来到海滨大街的储蓄所。储蓄所的营业员热情地接待了他，把他的钱往识钞机里一放，没发现什么问题，泰森的心里一块石头落地了。然而，营业员还是很客气地把他请到办公室。他开始心慌了，"难道还非得说明钱是怎么赚来的吗？""不，一般情况下没什么关系，可是你的这些钱，无论哪一张都是同一号码，所以请你说明这是为什么。"泰森像泄了气的皮球，一屁股坐在了椅子上。

《科幻故事 365 夜》，国际文化出版公司，1991 年 7 月，李静敏改编

玛维尼克的"发明"

刘学铭 等

玛维尼克是汉德斯堡农场一群淘气孩子的头儿，为了及时召集他的"部下"，他偷拿了家里挂在墙上的一支牛角，想用它做话筒。然而当他第一次用"话筒"喊话时，发现了一个奇怪的现象：几百只毛毛虫像下雨一样从他身边的一棵大树上落下来。他把这个意外的发现告诉了爸爸。爸爸把他领到田地里一试，不到一天，几十公顷庄稼地里的害虫全被消灭得一干二净。后来，他爸爸收买了很多牛角做成话筒出售，说是能杀死所有害虫，可是别人买了全不管用，人们纷纷找上门来要求退货。说来奇怪，只有玛维尼克使用话筒才能把虫子喊来。

消息传出去以后，一些生物学家和声学家前来拜访。他们要搞清声波对毛毛虫的机械作用，然后仿制一种声频振荡器，来消灭害虫。他们说了，一旦研制成功，玛维尼克也算发明者之一。

《科幻故事365夜》，国际文化出版公司，1991年7月，烈梅政编

时间机器第一号

刘学铭 等

古列困佳博士庄严地宣告："诸位！这是时间机器第一号。"他的3个朋友凝视着那台机器。那是个6英寸左右的立方体的箱子，在它上面有一个指示文字盘和一个电门。

"把这个拿在手中，"古列困佳博士又开口了，"把文字盘上

的数字拨到你所希望的年月日，然后按一下电钮，这样您就是那个时代的人了。"

博士的朋友斯米托列把手伸向那个箱子，拿过来审视一番，然后说："真的能好使吗？"

"我已经简单地试验过了，"博士说，"我把文字盘上的数字拨到前一天，然后一按电钮，结果我看见了自己的背影，正好从屋里往外走，那正是前天的事情。"

"如果那时你跑到门前，照着自己的屁股踢一脚会怎么样呢？"

古列困佳博士笑了："那意味着改变过去的事，应该说那是时间旅行中的一种奇迹。假如谁能把逝去的时间追寻回来，那么他把他的尚未结婚的祖父杀掉了怎么办？"

斯米托列突然倒退了几步，他哈哈大笑。"这正是我想要干的事。在你们说话的时候，我已经把文字盘拨到60年前了。"

"斯米托列，你可别这么干！"古列困佳博士跳起来要制止他。

"请等一等，先生，要不然我马上就按电钮了。"斯米托列的喊声使古列困佳停止了脚步。他继续说："我也听说过这种奇谈怪论，总感到很有兴趣。无论怎么说，一旦有机会我就想杀掉我的祖父。我恨我的祖父，他是个无情的虐待狂，他把我祖母和我父母的一生搞得非常悲惨。我早就等待着这么一天了。"

斯米托列伸手按电钮了。

突然，一切都掠过去了……斯米托列站在野地中，过了一会儿，他就能够确定自己的方位了。如果说不久前这里还是古列困佳博士房屋所在的地方的话，那么斯米托列曾祖父当年的农场，应该在这南边1千米远的地方。他出发了，并在途中捡了一根挺好使的棒子。

他在农场附近，看见了一个红头发的小伙子，还拿鞭子打狗呢。

"别打了！"斯米托列边跑边喊着。

"别管闲事！"小伙子说着又打起狗来了。

斯米托列连忙把棒子摔了过去……

时间过去了60年。古列困佳博士庄严地宣布道："诸位！这是时间第一号！"他的两个朋友凝视着那台机器。

《科幻故事365夜》，国际文化出版公司，1991年7月，李静敏明改编

金斯太太的小狗

刘学铭 等

金斯先生生前曾经营一个举世闻名的动物园，那里集中了几百种世上罕见的珍禽异兽。每天都有上万名游客去那里观光游览，因此，它像一个没边没沿的聚宝盆，无止境地为主人聚敛着财富。但是，金斯先生并没以此为满足。因为他的公园里，动物都是天然产生的，没有一种是巧夺天工的人工造物。金斯在弥留之际指着自家动物园的百兽图，不无遗憾地长叹了一口气，离开了人世。

他的爱妻金斯太太，在继承他的财产的同时，也继承了他的遗志，决心要在自家动物园里引进几只"人工动物"。

不久，金斯太太去欧洲旅行，临行前精心选购了一只浑身雪白的卷毛狮子狗，取名雪妮，作为她旅行的伙伴。她在欧洲旅行期间，遍游了各国有名的动物园，其中也包括珍藏"人工动物"的公园。旅行回来后，金斯太太立即把雪妮和一只聪明的母猴送入动物医院。几个月后，那只母猴产下一只猴头鼠身的怪兽。这只"鼠猴"轰动全市，一时间公园门票价格翻了一倍，可是游人还是有增无减。

这个"鼠猴"是怎么产生的呢？

其实，从生物科学的角度来分析，这件事的前因后果是很简单的：金斯太太买通了"人工动物"饲养员，把一颗"人工动物"的受精卵植入小狗雪妮体内，回来后又从小狗体内把受精卵取出，

移入与那种"人工动物"更相近的母猴体内，于是就有了那只猴不猴鼠不鼠的怪物问世。

至于原来那只"人工动物"产生的过程，那倒是稍微麻烦一些，细胞学家利用高超的细胞重组技术，将老鼠和猴子细胞中的遗传基因巧妙地结合在一起。这样一来，当将这个细胞培养成生命的个体时，就具有了老鼠和猴子的双重遗传功能。因为这种生物遗传工程的技术很复杂，所以，这种"人工动物"也就非常昂贵。迫使家私殷富的金斯太太，也不得不采取以狗运"鼠猴"的方式来实现亡夫的遗志。

《科幻故事365夜》，国际文化出版公司，1991年7月，阿敏改编

服装商场的魔镜

刘学铭 等

在鳞次栉比的东方大街上，最近唯独凤凰商场的生意格外红火，他们的日销售额超过其他商场的几倍乃至十几倍。奥妙在哪里呢？其他商场的几位经理特意来到凤凰商场明察暗访，可当他们一踏进凤凰商场的大门，就全明白了。原来凤凰商场生意红火的秘诀在于他们拥有一面"魔镜"。

这面"魔镜"的设计和发明者是东方企业集团电子公司的总工程师康健先生。他为了减少顾客试穿更衣的麻烦，设计、制作了这面镜子。只要你一站到这面镜子的前面，你的身高体重等外观形态及其他数字便被输入了电子计算机。于是一个身着新式服装的影像就会出现在镜子里。

这个影像可以像时装模特儿似地跨步、转身做各种各样的动作，而且这个模特的身材、长相甚至肤色都和你一模一样。如果你相中

这身衣服，你就可以买下；如果没相中，你只需按一下键盘，输入你所要买的衣服的质地、式样、尺码，另一个模特儿又会出现在镜子里，重复着各种动作。试一身衣服只需 10 秒钟，方便极了。

这"魔镜"能使你高兴而来，满意而去，故此凤凰商场的生意格外红火。

《科幻故事 365 夜》，国际文化出版公司，1991 年 7 月，阿敏改编

珊瑚丛中脱险记

刘学铭 等

潜水员波特在蓝紫色的大海深处漫游。突然，他眼前一片漆黑，尖利的鲨颚已经紧紧地钳住了他的头和肩膀。他像一条小鱼那样被含在鲨鱼口中。他的肩膀疼得厉害，神志却还清醒。他轻轻地弯一下手臂，使手中刺海参的铁叉保持着冲刺的状态。等鲨鱼再一次张开大口，又要狠咬猛吞的时候，他猛地一叉刺向鲨鱼的喉咙，同时一松手借反弹力退出鲨鱼口外，并趁鲨鱼疼得直打转转的时机浮上水面。

这时，海水浸润着波特的伤口，使他疼痛难忍。突然，身后几十米处，翻起碾盘大的浪花，紧接着一根露在水面的鳍飞快地向前移动，原来嗜血成性的鲨鱼循着血迹追来了。这时，他觉得忽悠一下，一个形如流线的隆起的鱼背将他托起。那皮肤光如锦缎，柔若凝脂，托着他箭一般地向海岛游去。与此同时，他身后巨浪翻腾，水花四溅。几只巨大的海豚正在"行侠仗义"，把那条凶残的恶鲨弄得个半死……

《科幻故事 365 夜》，国际文化出版公司，1991 年 7 月，李界仁改编

家庭的和平使者

刘学铭 等

王勉夫妇是我国科技界一对年轻有为的科学家。二人在共同志向和爱好的基础上相知相识，进而结为夫妻。爱情的力量促使他们在科学上取得突出的成就。

近来，不知为什么，左邻右舍总听到他们在屋里争吵。日常工作时，也见他们有些别别扭扭的。开始他们不愿说，后来耐不住问的人多了，就都和盘托出了。原来两人都是事业心极强的人，为了工作有时几天不能回家一趟。一回到家里，看到家具上落满了灰尘，换下的衣服还没洗，却都是精疲力竭，想好好休息，以便有充沛的精力去从事明天的工作。时间一长，这种拖沓的家务琐事引起了家庭矛盾。他们的几位朋友听说这件事后，决定要尽力帮他们的忙。

国盛在几年前是和王勉夫妇在一个科研所从事前沿科学研究的，同样是一位很有作为的年轻学者。突然有一天，他对王勉夫妇说准备辞职，自己去创办一个"民用科技研究所"，要把新发展的高级技术应用到减轻人们日常生活负担上面去。这一决定使得王勉夫妇感到震惊，因为他们深知国盛在科研方面的潜力。如今去搞什么民用研究，实在是屈才。国盛则一再强调他这一选择的意义，以及他决定为提高人民生活水平而献身这一事业的决心。最终，朋友之间谁也没有说服谁。

这一天，是王勉夫妇的结婚两周年纪念日，恰好他们一项新的科学实验也暂告一个段落，两人却因为这段时间的不快，都快快地回到了家里。刚进家门，一阵浓郁的菜香飘了出来，两人一惊，刚要开门，门竟没有锁，只见桌上摆满了酒菜，一看便知道是朋友们来了。果然，躲在卧室里开玩笑的朋友们做着鬼脸走了出来。朋友的机智，立刻冲淡了这对夫妻间的不快，大家都沉浸在欢乐的气氛中。

饭后，朋友们抬出了他们的礼品，是两台小机器，朋友们称它们为"和平使者"。原来这是他们新研制出来的已经投入批量生产的家庭自动吸尘器和振荡器，用于打扫家庭卫生。自动吸尘器是通过压缩空气作为动力，因此，在启动后，既无噪声，也无振动，吸盘自动沿着地板、墙壁、天花板游动吸尘。通过家具时，还可以随着家具的形状伸出可以变形的触管吸尘，实在是家庭生活中的好朋友。振荡器是通过发出超声波来进行洗涤，是高科技在日常生活中的应用。经它洗涤后，不用像洗衣机那样，还要人工去清洗和晾晒，免去了上述的许多环节，既快又省事。

王勉夫妇得知这些是国盛等人的发明后，由衷地说了一句话："我们代表全市人民感谢你们。"他们也对现在已经是市长助理的国盛有了新的认识和理解。

《科幻故事365夜》，国际文化出版公司，1991年7月，烈梅改编

蒙娜丽莎的项链

刘学铭 等

我终于有机会来到巴黎卢浮宫参观。我在一件世界艺术珍品前流连。《蒙娜丽莎》是一代宗师达·芬奇的杰作，历来被称为最神秘的油画。画中人神秘而迷人，自16世纪问世以来，便已倾倒众生。我从小就对它十分迷恋，但看到的都是一些粗劣的复制品，今天一睹它的真面目，实现了多年的愿望，心里涌起激情，但我心里马上又画了个问号，它是真品吗？因为我听说，达·芬奇共画了4幅"蒙娜丽莎的微笑"，其中一幅卖给了法王法兰西斯一世，另外两幅卖给了两个富商，把最先画的一幅珍藏在身边，那幅给法王的画在法

国大革命后，一直在卢浮宫展出。但 1913 年之后，也就是现在展出的这幅是不是真品，就成了谁也解不开的谜了。

我向解说小姐提出了疑问，没想到她十分肯定地回答我："先生，您尽可以相信，它百分之百是真品！我们刚刚进行了这方面的证实工作。"原来她们请来了美国一位物理学家，利用太空摄影技术对《蒙娜丽莎》作了一次特殊的摄影，然后把电子扫描图像转化为数字形式，再进行电脑处理。"您猜我们发现了什么？"解说小姐欢快地说："是项链！蒙娜丽莎的脖子上有一串白色的斑点，那是一串珍珠项链的痕迹。达·芬奇先画上了它，又把它盖掉了。就凭这串项链，我们就可以断定它出自大师的手笔，而且是达·芬奇自己珍藏的那幅画。"

小姐给我讲述了以下的故事：

蒙娜丽莎是佛罗伦萨一个商人的第三任妻子。商人与达·芬奇是朋友。在交往中，她那典雅、不俗的气质，极高的艺术鉴赏力，深深地吸引着达·芬奇；而大师那非凡的才华更使她惊叹不已。他们成了艺术上的知己，有了密切的交往。蒙娜丽莎喜欢用各式项链装点自己袒露、颀长的脖颈，达·芬奇很欣赏她这样，一直想送给她一串名贵的项链，但苦于手头拮据，始终未能如愿。所以他在给蒙娜丽莎画像时，给她"戴"上了一串珍珠项链。但不知出于什么心情又给盖掉了……

蒙娜丽莎的项链丢失了几个世纪，过去的 480 年间千百万双眼睛都没有看出来，今天用太空技术轻而易举地发现了。现在卢浮宫已经计划用红外线扫描技术对这幅名画做进一步研究。通过这类工作可以揭示出一位创造力极为丰富的画家是怎样工作的，不久也将对蒙娜丽莎那优雅、神秘的微笑做出解释。

《科幻故事 365 夜》，国际文化出版公司，1991 年 7 月，李界仁改编

聪明的"机器娃娃"

刘学铭 等

芳芳总是缠着妈妈去给自己买一个又会哭、又会笑、又会闹的"娃娃"来。

几天后，芳芳的舅舅来做客，给她带来了一个漂亮的洋娃娃。芳芳刚伸手过去想拿，只见洋娃娃张开嘴巴说："小芳姐，我叫小铃，来陪你玩儿的。"芳芳惊呆了。

舅舅笑着说："别急，她不但会说话，还会哭，会笑，会闹呢。"舅舅在洋娃娃背后的一个小黑钮上一按，洋娃娃就真的哭起来了。两只小手擦着眼睛，似乎哭得好伤心呢。舅舅又按了一个白色的小钮，洋娃娃又开始笑起来，笑得那样甜，那样美，嘴边的两个小酒窝似乎都在一动一动呢。芳芳这回可真是太高兴了，急切地说："舅舅，快给我娃娃，我要，我要！"舅舅摆摆手，"别急。来，舅舅告诉你怎么用这个洋娃娃。你看，这个白钮是开关，玩的时候要先把它按下；这个红钮，是正常的开关；这个绿钮是最神奇的；你按下这个钮后，洋娃娃就好像是你的影子，你高兴她就高兴，你哭的时候她也会难过的。"

"真的吗？太好啦！"这时，只见那只洋娃娃也拍着小手说："太好啦，太好啦！"原来舅舅已偷偷按下绿钮，洋娃娃"看"到芳芳高兴，也高兴起来。

芳芳问舅舅："小铃怎么会有这么多功能呢？"

原来，这不是一个普通的洋娃娃，而是一个电子生物机器。洋娃娃的皮肤用的是特制的人造革做成的，看起来就和人的皮肤一样；而洋娃娃的身体内部是一个微型的电子集成电路组成的电子计算机系统，并且还有一个波源发生器。打开红钮或白钮时，计算机便被直接输入了哭或笑的信号，通过计算机内的复合发音装置，便发出哭和笑的声音。同时计算机也发出指令，使机械手做拍手或抹眼泪的动作。而在按绿钮的时候，波源发生器便开始发生作用，发出一束束微波来控测人身体周围的磁场强度。因为人在高兴时和不高兴时周身的磁场强度是不同的，波反射回来后就会得到不同的信号，经计算机处理和辨别，再输出，就会发出各种不同的声音，做出不同的动作。

自从有了聪明的洋娃娃后，芳芳仿佛长大多了，也懂事多了，不但自己不再闹了，还会哄着小铃妹妹啦。

《科幻故事365夜》，国际文化出版公司，1991年7月，李力改编

巧妙的"记忆再生仪"

刘学铭 等

凯丽刚刚来到江边想游泳，忽见水中一个人沉了下去，她费了好大力气才把那个人拖上来。救上来的是个十四五岁的小姑娘，脸色铁青，双眼紧闭，昏迷不醒。凯丽只好让当教授的爸爸来帮忙把她抱回自己家。

整整3天3夜，父女俩精心照料被救的小姑娘。第4天中午，小姑娘终于睁开了眼睛。"小妹妹，你怎么了？"凯丽迫不及待地问。

只见小姑娘眨眨眼睛，怪怪的瞅着凯丽父女，接着冲他们傻傻地笑了笑。凯丽的爸爸迈克斯凝视了她片刻，若有所悟，把小姑娘带到他的实验室，通过现代医疗设备对她进行全面检查。

原来小姑娘已完全丧失记忆！迈克斯决定把她送到"V—114号"空中实验室去治疗。

在空中实验室的治疗室里，路易博士在小姑娘的大脑皮层里植

入了芝麻大小的"记忆再生仪"；运用生物电来刺激她的记忆神经。经过一个疗程后，小姑娘被送进一个特殊结构的房间，墙壁上画的是一条江，周围种着树。

实验开始了，路易博士和迈克斯、凯丽坐在电子控制室里，目不转睛地注视着"思维图像仪"的大型立体屏幕。他们发现墙上的江面涌起了浪花，小姑娘慢慢向江水中走过去，最后伏在墙边不动了。路易博士抓住时机，果断地按动电钮，向小姑娘大脑皮层下的"记忆再生仪"发出信号。不一会儿，在接收仪的示波器上，出现上下不断跳动的回忆电波信号，引起所有在场人的激动。回忆电波信号经过电子计算机的翻译，很快就转换成图像，出现在"思维图像仪"的大屏幕上。

原来，小姑娘是S城路明中学的学生，由于考试没及格而不敢回家。晚上，她徘徊街头，被一歹徒诱骗至江边，坑害后推入江中……

突然，凯丽从椅子上跳起来，抓起电话。"你干什么？"路易博士问。

"报案呀！那歹徒的模样我们不是已知道得清清楚楚了吗？"

《科幻故事365夜》，国际文化出版公司，1991年7月，李力改编

金星人的可怕劫难

刘学铭 等

金星上是否存在过类似地球人类的生命？

俄罗斯天文学家茹科夫教授和他的助手驾着飞船专程去金星考察。他们发现，在这个星球的表面，平均温度高达475℃，空气里的主要成分是二氧化碳，大气压竟是地球上的90多倍。他们走遍整个星球，也没发现有任何生命，但在起伏的金星表面却看到了许多

城市遗址，公路交织成网，每座城市的占地面积跟地球上的大城市不相上下。城市建筑最高的有七八百米，比地球上的摩天大楼高几倍。城郊有大型机场，停着无数形似圆盘的飞行物。教授和他的助手在一座圆顶水晶玻璃建筑物里发现一台类似计算机的机器。按动键盘上的键，屏幕上显示出一些像中国古代的甲骨文的符号。教授把这些符号译出，全文如下：

距今 47 亿年前，金星上有了生命，又过了 10 万年，出现了人类。因为我们依靠太阳才能生存，就把我们的星球叫火神星，我们就是火神星人。在近 10 万年内，我们的星球出现了灿烂的文明，也经历了血雨腥风。火神星上有高速运动的交通工具，可以在很短的时间内走访附近的星球。我们知道距我们很近的一颗星球上也存在着生命和智慧，但他们还远远落后于我们。

我们知道战争的危害，却从没有消灭战争，而且规模和损失一次比一次大。特别是 40 年前经历的那一次，几乎把整个星球夷为平地，大半的生命被消灭。我们担心在不久的将来，会有毁灭性的战争爆发。经历过这次战争后，生命将不复存在，火神星将成为一片废墟。

我们火神星人有着高度的智慧，普遍过着十分优裕的生活：居住华丽的高楼，以高速车船代步，工厂全部使用机器奴隶；我们生产的食物足以养活几十个火神星的生命。我们在发展的同时也在给自己掘墓。工厂每天排出的二氧化碳将使火神星温度增高，气压加大，只按现在每年递增 0.2℃ 计算，4195年以后，我们星球的平均气温将达 475℃。那时将不再有生命存在。可以说，战争和工业是危害我们的两个恶魔。

教授和他的助手把译文向世界公布，引起了极大轰动。

《科幻故事 365 夜》，国际文化出版公司，1991 年 7 月，李静敏改编

江山易改 本性难移

刘学铭 等

放学了，强强和丽丽边走边谈论着老师今天在课堂上讲的"性格与人生"的问题。

丽丽说："我不明白人们为什么具有不同的性格？如果弄清楚了本性的本源，我想也许我们会改变它呢。"

"对——嘿，我爸的老同学、江城生理研究所廖所长，是国内一流的生理学家。咱们去请教他。"强强说。

俩人走进廖所长的实验室，立刻被五颜六色、各式各样的瓶瓶罐罐吸引住了。

"这是什么？"好奇心使他们忘了此行的目的。

所长笑眯眯地说："这叫'性格素'。从心理学角度看，人的性格可分为四种气质类型。一是胆汁质，二是多血质，三是黏液质，四是抑郁质。为什么有这四种气质类型的区别呢？这与人大脑皮层的机能有关，而大脑的一切活动过程，都有许多复杂物质参加。经过多年努力，我们终于发现了决定人性格差异的四种物质，统称为'性格素'。代号是 V1、V2、V3 和 V4。它们类似 S—羟色胺前体的复杂化合物，主要分布在大脑皮层中，数量极少。我们一鼓作气，又用人工方法合成了它们。你们现在看到的就是加了糖浆和香精的 V2、V3 性格素"。

"这就是说，人的性格可以通过它们来改变了？"强强和丽丽异口同声地问。

"是的，可以这么说，但我们不能绝对依赖于它，自己性格的弱点还要靠自己来主动克服。"

"我们想请教您一个问题，不过，您现在已经答复我们了。"
俩人高兴地笑起来。

《科幻故事 365 夜》，国际文化出版公司，1991 年 7 月，周肖改编

美丽而危险的少女

刘学铭 等

尼吉看到一位白发苍苍的老人和一位十七八岁的少女，他们正
在花园里清除花草的枯枝败叶。老年人神情紧张，小心翼翼，仿佛
在与毒蛇打交道似的；而那姑娘却从容不迫，触摸着多刺的鲜花，
如同爱抚着一只心爱的小猫一样。

尼吉从房东老太太口中得知，他看到的是卡门父女，他们培植
有毒的花草，一旦被刺伤就有性命之虞。更为令人惊异的是，那位
姑娘也有剧毒，其毒性远远超过她家精心培养的植物。

第二天，那少女又出现在花丛之中。忽然，有一只花蝴蝶飞过来，
一扑近她，竟"扑啦扑啦"翅膀死了。目睹这一切，尼吉吓坏了，
手中的花瓶跌落到窗外，打个粉碎。那姑娘闻听打碎花瓶的声音，
迈着轻盈的步子走过来，拾起鲜花递给他，不料那艳丽的鲜花一触
及她的小手，便立即枯萎了……又一天早晨，尼吉来到花园中，一
阵衣裙窸窣，那个光彩照人的少女从花丛中走过来。她温柔地注视
着他，目光是那么纯真、那么动人。交谈中，尼吉发现从姑娘身上
散发出一股浓郁的芳香，简直令人心醉。他们在花园中悠闲地漫步，
不觉来到一株开着紫花的树木旁。尼吉要伸手摘花，姑娘一把抓住
了他的手，尖声叫道："别碰它，会毒死人的！"姑娘猛然间发现
自己的手正抓着尼吉的手，像触电似的把手缩回去，随后，就捂着

脸跑掉了……尼吉的手上留下五个黑紫色的指印。

尼吉为治手上的毒，来到一位以解毒著名的老医生那儿就医。老医生递给尼吉一小瓶烈性解毒剂，说只要喝一小口，就会使世界上最毒的药物失去作用。

尼吉拿着解毒药去找自己的心上人，见面后，姑娘说："真的，这不是我的过错。是我爸爸为了做什么研究，从小就用毒汁喂养我。我的身体虽然受毒药滋养，然而我的心灵却是上帝创造的。"

"亲爱的，别难过，咱们还有救。这是烈性解毒剂，只要喝下去，你就会像正常人那样，回到现实世界中来了。"

"这个……"姑娘迟疑了一下，仿佛下了最大决心似的说道："我喝，为了对你的真诚的爱！"说着把瓶里的解毒剂全喝了。霎时间，她脸色煞白，像棉花似地瘫倒在情人的怀里，有气无力地说："快吻吻我，趁我还有幸福感觉的时候。别怕，我没毒了，虽然离开毒素我会立即死去，但为了得到你的爱，这是值得的……"

"啊，不！你不能死呀，是我害了你。早知道会这样，我宁可吻原来的你，让我中毒死去！"尼吉边哭边疯狂地吻她。

"不，傻孩子，还是把幸福留给我吧，让我带着它和纯洁的灵魂去见上帝……"

姑娘微笑着闭上眼睛，幸福地躺在情人的怀里……

《科幻故事365夜》，国际文化出版公司，1991年7月，卜方明改编

神奇的声频扩大机

刘学铭 等

渡边一郎不知从哪国买了一船大米，后来一检验，发现大米已被虫蛀。但他不自认倒霉，却把它转手倒卖到中国来了。

渡边一郎见中国海关人员登船，先是来了一个 90 度的大鞠躬，接着就吹嘘起来了："本国的大米大大的好，世界一流，中国人咪西咪西。"

海关检查员手拎着电子声频扩大机进了船舱，几分钟后通知渡边一郎："大米已被虫蛀，且米中含虫量超标准，不准在港内停留，限 24 小时内离港。"

渡边想，这几个海关人员既没拆包又没倒袋，怎么就知道我的大米中有虫子？

渡边一郎马上掏出一沓美元，笑嘻嘻地说："先生们钱的收下，我的大米大大的好！"

检查员小胡把声频扩大机的耳机往渡边一郎的耳朵上一套，说："听听你米虫吃午餐的声音吧！"

渡边一郎惊呆了，耳机里传来的是成千上万只虫子"嚓嚓嚓"的磕粮声。

小胡告诉他："我们的电子声频扩大机能清楚地监听到极其微小的声音，并能准确地计算出声源个数。"渡边一郎没敢狡辩，只好灰溜溜地返航了。

《科幻故事 365 夜》，国际文化出版公司，1991 年 7 月，恩荣改编

乘着桌子飞离监狱

刘学铭 等

　　12 世纪中期，在莫斯科一次最著名的暴动失败后，主要首领被杀害，好多骨干分子因为是贵族，沙皇政府把这批贵族流放到西伯利亚。伊万妮斯纳年仅 7 岁，也随父母被送到那里。在西伯利亚，因寒冷、饥饿和疾病死去了很多人。

　　伊万妮斯纳 10 岁那年夏季的一天，一清早，爸爸妈妈和其他叔叔阿姨像往常一样出去干活了。快到中午吃饭时，忽然刮起了大风，风夹着沙石迎面扑来。紧接着，院子里晾的衣服一下子被吹走了，树也被连根拔起，一声声震耳欲聋的"轰隆"声把小伊万妮斯纳吓得抓了一条床单盖在身上，藏到桌子下面。突然，窗户被吹走了，门也倒了，就在这时，好像有一双无形的手把伊万妮斯纳和她上面的桌子举了起来。伊万妮斯纳紧抱住的桌子像长了翅膀似的，飞出了摇摇欲坠的房子，升上了天空。天空已一片昏暗，沙石打得伊万妮斯纳不敢睁开眼睛。不知怎么搞的床单已把她和桌子紧紧地捆在一块，就这样飘呀飘，伊万妮斯纳在旋转中渐渐地失去了知觉……

　　等她苏醒以后，看见一位老婆婆坐在窗前正在缝补衣服。伊万妮斯纳动了一下，老婆婆忙走了过来，对她说："小乖乖，你终于醒了！不要怕。"伊万妮斯纳恢复了健康，告诉老婆婆西伯利亚那些流放犯人的情况和那一场奇怪的大风。老婆婆听完后，告诉她说："这里是莫斯科郊区。你从那么远的地方被龙卷风带来，大难不死，真有福气。愿上帝保佑你，孩子！"

　　据说，伊万妮斯纳是西伯利亚那些遭流放的贵族和家属们中唯一活过来的人。

《科幻故事 365 夜》，国际文化出版公司，1991 年 7 月，季力改编

黑色的死亡进行曲

刘学铭 等

蒙得雷特教授研制出一种脑电波发射机，并用这种机器发射的电波治愈了不少脑瘤患者。

突然有一天噩耗传来：蒙得雷特教授被害。

现场勘察发现：教授死在电话机旁。通过解剖化验，发现他的脑神经细胞遭到了破坏，但是，他的周围未留下凶手的任何痕迹。

谁是凶手呢？专家们夜以继日地进行调查，终于发现凶手竟是蒙得雷特教授的助手索尔。

原来，索尔被 S 国收买，受他们的指使杀死了教授，妄想窃取教授的科技成果。他利用教授的科技成果，将能与教授头颅起共振作用的强大电磁波变成声音——一曲当时流行的"黑色死亡进行曲"的交响乐，再用电话送过去。当教授接电话时，声波与他的头颅发生谐振，在强烈的振荡下，教授因脑细胞破裂而死亡。

人们为人类这种残忍的争夺而感到战栗。

《科幻故事 365 夜》，国际文化出版公司，1991 年 7 月，周肖改编

悬空飞不动的飞机

刘学铭 等

1945 年 5 月上旬的一天，我奉命驾驶非常熟悉的重型轰炸机开往前线。

两年来，我驾着爱机经常遨游于蓝天，在与德国空军的交锋中，共击落击毁敌机 20 余架。

突然爱机竟停住不动了，就好像着陆后稳当地停在机场上一样，可是现在它是高悬在空中啊。

一刹那，我不知所措，但很快镇定下来。我想重新启动，可是根本不管用，因为飞机发动机没有熄火。我拼命加快速度，飞机除了发动机声音加快外，依然纹丝不动。

哎呀，糟了，是不是敌人事先窃取到我们的行动方案，而专门采用了某种新式秘密武器来对付我们？但如果是狙击我们的，为什么不开炮呢？会是什么新式武器？我怎么既看不见它又听不到它的声音呢？飞机停在空中仍然不动，实在前进不了，我试着调转机头，飞机居然听指挥了。

我无可奈何地回到基地，那次战斗任务没有完成，我感到莫名其妙地难过。

后来在执行任务中，我再未碰到过这样的怪现象。第二次世界大战结束后，我把飞机悬空飞不动的情况写成报告交给空军司令部，他们除了找我核对情况外，没有做出任何科学的解释。据说这可能是高空大气层中急速的空气流对飞机起了巨大的阻碍作用，使飞机难以通过其阻力。

《科幻故事 365 夜》，国际文化出版公司，1991 年 7 月，恩荣改编

洞天世界的意外发现

刘学铭 等

大巴山下有一个神秘的洞，谁也不能接近它，一旦靠近洞口，强大的静电能把人击出 1 米以外。可是最近洞口的静电忽然消失了，勇敢的地质队员带着摄像机进入了这迷人的洞天世界。

步入洞中，一座宽敞的石厅映入眼帘。举目望去，穹顶春笋倒挂，斑竹欲滴。石厅左侧石壁上刻有栩栩如生的动物群像，石厅右侧的石壁雕有万马奔腾、乌龙戏水般的艺术图案，此天然美景令人拍案叫绝。让人难以想象的是石厅的正面，有一张巨大的石桌，桌上放着一个直径约 5 米多的椭圆形飞行物的金属模型。舱门敞开着，从扶梯上走下来的是一男一女带着一个小孩儿的裸体人模型。从裸体人的身材比例、五官四肢形状看，不像是现代人类，也不像是古代猿人。地质队员们赶紧用摄像机一一摄下了这洞天世界的珍奇景象。

这一洞中奇景引起了巨大的轰动，几天后一个庞大的门类齐全的科学考察团来到了大巴山下。

当他们进洞一看，石壁上的图案，石桌上的模型全都不翼而飞了，剩下的只是一般钟乳石洞景。科学家们只好借地质队的放像机一饱眼福了。他们分析了飞行物及人物模型后认为：这可能是外星人向地球人发出的信息，说明在宇宙中还有适于人类生存的其他星球，而且外星人确实存在着。但愿科学的发展能使地球人与外星人取得联系。

《科幻故事 365 夜》，国际文化出版公司，1991 年 7 月，阿敏改编

他们成为地球卫星之后

刘学铭 等

虽然一个星期前刚发生了"挑战者"号航天飞机失事的惨祸，但麦考利斯等7位英雄的壮举更坚定了人们探索宇宙奥秘的决心。清晨，A国宇航员培训中心门前广场上就挤满了人，报名处窗前人头攒动。凯西和格森这一对恋人手挽着手，从培训中心走出来，看他们那兴高采烈的样子就知道一定都被录取了。

两年紧张、艰苦的训练生活开始了。为上天做好一切准备，一切服从训练。两个人的心里都隐藏着同一个秘密，到宇宙中去举行最盛大的婚礼。

这一天终于来到了。凯西和格森成了同一架航天飞机的宇航员，宇航局还批准了他们在航天飞机上结婚的请求。他们将成为第一对在太空中生活的夫妇。凯西的妈妈来给他们送行了，她确实为他们高兴，但心里也暗暗担心。临上飞机，女儿神秘地对妈妈小声说了几句话，挥挥手，登上了航天飞机。

凯西她们的航天飞机顺利地完成了探测任务，但在返回地球的途中，控制器失灵。航天飞机无法进入大气层，只好保持第一宇宙速度，成为一颗地球卫星。

消息传回地面，凯西的妈妈承受着失去亲人的巨大悲痛。她准备去实现女儿最后的嘱托。

她来到了G市中心医院，申请生一个试管婴儿。原来凯西临上天时告诉妈妈，她和格森都做了准备，在G市中心医院留下了精子和卵细胞。他们希望自己的后代继承他们的航天事业。

妈妈把凯西和格森的故事讲给大夫听。大夫被感动了，终于答应了她的请求。

在别人不解的目光中，妈妈忍受着怀孕带来的种种不适，度过了艰难的 9 个月。分娩了，一个正常的男婴呱呱坠地。

孩子一天天长大，很像凯西，也像格森，老人觉得这是他们生命的延续。孩子会说话了，有一天，不太清楚地喊出了"妈妈"，她有点惊慌失措，抱起孩子，教他说："不要叫我妈妈，叫姥姥！你的妈妈，你的爸爸，都在茫茫的太空中。孩子，你快点长大吧，长大了，驾驶航天飞机去找他们，他们在宇宙中等着你……"

《科幻故事 365 夜》，国际文化出版公司，1991 年 7 月，李界仁改编

亚飞串门

刘学铭 等

亚飞已经是三年级的学生了。在放假前她就和爸爸妈妈商量好了，先去爷爷奶奶家，再让爸爸妈妈带着去爷爷奶奶的爷爷奶奶家。爸爸告诉她，在她出生的那一天，他们的前几辈老人都回来祝贺了。

亚飞是她家第 32 代小辈，她家的祖辈们全都健在，第一代爷爷奶奶已经 800 多岁了。亚飞的祖辈分别住在遥远的星球上，最远的要跑几十年才能到达。但只要见了面，亚飞一定都能认出来，因为她的这些祖辈们每个月都通过无线电视电话相互联系。这次旅游就是应爷爷奶奶之邀进行的。

这时候的人如此长寿，已经司空见惯了。还在他们的祖辈时，人们就因生物工程的发展，发现了存在于人身上的潜能。凭借高度发达的生物科学技术，人们对它进一步进行开发，使得人体的生理机能不断增强，生命活动非常旺盛，差不多使人类掌握了长生不老术。

亚飞的祖辈们就是在这些技术对自身生理潜能的开发下而得以

长寿的。人越来越长寿，而地球显得越来越小。面对新的社会要求，科学家们利用生物技术，控制人的遗传基因。每对夫妇只在 25 岁生一男一女，既保证了人口的平衡和发展，又保证人的长寿，但人口的膨胀之势依然存在。于是在亚飞的祖辈们的努力下，决定向宇宙要生存的空间。他们利用高度发达的科学技术，先是在月亮的上空建立起一层保护网，通过这些保护抵挡星际流物的撞击和不利人体健康的光线的照射，再将南极和北极的冰运到月亮上，使得月亮上有了水；在人工的控制下，在天空中形成了云，逐渐形成了同地球一样的生态环境。于是这些长辈们就在月球上开始了自己的新生活，而把人类的诞生地——地球留给他们的子孙后代。

先辈们现在已在许多星球中找到了根据地，随着探索的不断深入，他们打破了宇宙空间的神秘，对宇宙的征服更是驾轻就熟。现在，亚飞爷爷的爷爷就住在巴纳维星球上，距离地球有 6 光年的路程。地球人在旅行时，乘坐一种根据相对论制造出来的可以压缩时间的旅游车，人在车中可以像冬眠一样。因此，人们到达时感到犹如睡了一觉方醒，很方便。

亚飞和她爸妈将要坐的就是那种车。你看亚飞那高兴的样子，就知道已经预订了车票，祝他们旅途顺利！

《科幻故事 365 夜》，国际文化出版公司，1991 年 7 月，赵喆改编

机械红娘

刘学铭 等

莱特求助于电脑征婚,除了其他很多原因之外,还因为他太懒了,这懒毛病也是电脑给惯出来的。

从莱特懂事时候起,家庭机器人就照料他,几乎把一切该他动手做的事全包下来了,使他变成个"衣来伸手,饭来张口"的小少爷。上小学以后,大部分该他自己动脑思考的事,也由电脑代劳了。比如,算术用计算器,写字用打字机。原来他最感头痛的作文,现在也实现机器化了,只要向电脑中输入文题和主题思想,几秒钟后在终端的显示屏上就会出现一篇非常漂亮的文章。

现代人实在幸福,无论什么事,都不需要自己动手,也不需要自己动脑。婚姻问题也是如此,"委托给电脑去办吧,我自己从来还没为任何事操过心呢。"莱特在去婚姻介绍所的路上就是这么想的。

一天后,莱特被通知去某公园赴约。那天的天气好极了,他的那颗充满希望的心,像醉酒似地晕眩中略带几分惬意。一路上,他想象着他将会见到一位美丽多情的女孩儿。

可万万没料到,在柳荫深处,等待他的竟是一位年过半百、俗不可耐的胖女人。

这时,他感到十分难堪和悔恨,不禁想起了一位作家的话:"如果一个人懒到连谈恋爱这种事也要机器代替的话,那么,他自身的存在也应该考虑一下是否由那些机器代替了!"

《科幻故事365夜》,国际文化出版公司,1991年7月,季力改编

曲线时间

刘学铭 等

我的"曲线时间"假说及"微观粒子"理论发表后，在学术界引起了很大震动，有些守旧的科学家致力于实验，多数想通过实验来否定"曲线时间"的理论。只有我的老搭档郑凯支持我，用他拥有的世界上最好的物理实验室和第一流的实验仪器和设备进行验证，并取得了进展。他用"双曲时间"聚焦，与我已经死去了10多年的女友苑茹联系上了，我不信。可是当天晚上我就接到了苑茹的电话。

郑凯为这项实验成功很高兴。他从实验中为我解决了时空观念问题，也就是把时间、空间与光学、声学的曲线焦点汇集于一点，进行验证"曲线时间"的假说。

在郑凯的一再要求下，我把苑茹19年前今天的时空位置的三维坐标参数告诉了他。他要我配合进行一次特殊的实验。

自从苑茹死后，多年来我一直照料苑茹的双亲，经常去探望。这天正好是19年前我第一次上她家的日子，我特地买了礼物送去。一敲门，开门的竟是跟19年前一模一样的苑茹。原来郑凯先我而去找到苑茹家，向苑茹的父母说明来意，要对苑茹进行时间倒转实验。实验获得成功，苑茹回来了，生离死别的一家人又重新聚在一起。但我眼前这位活生生的苑茹竟是时间曲线里光学作用下的微观粒子，有"形"而无"实"。

我一连几天去苑茹家，和苑茹相对默坐一二小时，然后离去。有一天苑茹的父亲请求我帮助苑茹回到她应该去的世界，他们很希望女儿在身边，又不想让女儿有"形"无"实"地像游魂一样生活。

老人对现代科学很难理解，而对鬼魂的迷信又难以破除，我只得答应老人的请求。我于是找到郑凯，把时间加速的设想跟他谈了一谈，我相信郑凯会有办法解除对苑茹的聚焦，让苑茹无痛苦地回到她应该呆的世界里去。这件事使我懂得：无论是生者还是死者，都需要安慰和安宁。

《科幻故事365夜》，国际文化出版公司，1991年7月，方明改编

宇宙孤魂

刘学铭 等

台曼先生搞了个别开生面的行当——"宇宙殡仪馆"。

这样一来，世界各地请求"宇宙葬"的申报表和订单纷纷寄来。台曼也就趁机大发横财。

不过，台曼的生意遭到了他的好友、天体物理学家旦斯教授强烈的反对。旦斯指出，目前，地球所以能在固定的轨道上绕太阳旋转；地球所以能在合适的距离上接受阳光的照射，以保持维持生物生存的合适温度；地球所以能保持其物质（尤其是水和空气）不向宇宙空间散失……这一切都与地球有着某种合适的质量有关。如果通过"宇宙葬"方式，不断地将地球上的物质（尸体和棺材）放到宇宙空间去，那么随着地球的质量不断减少，根据万有引力定律，太阳对它的引力越来越小，于是两者间的距离就要变大，这首先势必影响地球的温度，从早晨和中午之间的明显温差来推论，只要稍微改变一下太阳与地球的距离，就会明显地改变地球的温度。人们如果肆无忌惮地向宇宙抛弃"废物"，那么迟早有一天地球会变成一个堆满尸体的大棺材，偏离公转轨道，飞向一个莫名其妙的地方，那才是真正的"宇宙葬"呢……

旦斯教授厉声地指责台曼是葬送地球全部生命的十恶不赦的罪人。旦斯教授的话不但没能使台曼改邪归正，反而更加坚定了他葬送地球的决心。

近来他的健康状况每况愈下，他预感到离大限不远了。对这种恶劣成性的人来说，越预感到行将就木，就越要毁坏人世间一切美好的事物。

他请技术高手专门建造一艘"宇宙葬船"，这是为他自己料理后事之用。这艘船漂亮极了，造价很高，再加上船舱内很舒适，所以他不忍心只作为装死尸的棺材抛到宇宙空间去，决定在生前就享用一番。因此，那艘"葬船"建成之日起，船舱就成为他办公兼休息的场所。

为了炫耀这个举世罕见的"杰作"，他在"葬船"舱内宴请了旦斯教授。

那天他喝得很多，也说得很多，把他决意毁掉地球的险恶用心，原原本本地告诉了他的朋友。后来，他昏睡过去了。

忽然，一声天崩地裂般的巨响，台曼在睡梦被惊醒，发现"葬船"正以宇宙速度腾空而起。他像刚被关进笼子里的困兽一样，拼命挣扎，疯狂吼叫。

可是，这一切都是徒劳的，因为"葬船"一经升空就一定被送上宇宙轨道，而绝不会像航天飞机那样，能返回大地。

他哭了一阵，闹了一阵，把自己折腾得精疲力竭的时候，这才想到该和地球告别了。他擦擦眼泪，凑近天体望远镜视孔一看，不觉一声惊叫："地球多美呀！"

蓝蓝的大洋，黄绿相间的陆地……渐渐地他的视野模糊了，"宇宙葬船"正载着这个罪恶的孤魂，驶向那浩瀚无垠的、深邃幽暗的"宇宙墓地"……

《科幻故事 365 夜》，国际文化出版公司，1991 年 7 月，恩荣改编

多层照片

刘学铭 等

今天是玛丽第一次登台演出，她非常激动，约她的朋友——赫尔教授的助手洛林来为她拍照。

两天后，她来到赫尔教授家，洛林从壁橱里取出一个黑纸袋，抽出一张照片递给玛丽。玛丽看见照片上的自己，在淡蓝色的幕布衬托下，真如一只美丽的白天鹅翩翩欲飞，看着看着，突然，她觉得照片上的自己真的动了起来。而且，背景越变越小，最后只剩下旋转着轻盈舞步的她。

"照片怎么会放起电影来了？"玛丽惊讶地问。

赫尔教授说："这是一种多层照片，你知道，电影是一张张连续放映的胶片，这些连续的胶片以每秒钟24张的速度更换着，就会使人感觉画面在动。多层照片的原理跟电影差不多，只不过是把许多照片叠起来，每层照片只用一种特殊的感光化学乳剂合制而成。这种乳剂见光后，过一定时间就会变成一种无色透明物质。所以看照片时，上面一层见光消失了，下面一层就显露了出来。这样一层层地暴露、消失，并始终保持和放电影一样的速度，便使人感到画面上的景物在移动。"

《科幻故事365夜》，国际文化出版公司，1991年7月，烈梅改编

宇宙新村

刘学铭 等

比特是一位世界著名的环境学家，他向联合国有关机构提出了向太空移民，建立宇宙岛新村的设想，可计划一直未被重视。

比特于是决定自己先携家进驻太空。他亲自驾驶宇宙飞船带领全家飞赴太空。到达一个星体后，他找了一块比较平坦的陆地降落，住了下来。他除了从地球上运去水的原料外，其余原料都是从月球上开发提取的。每月中旬，比特还驾驶着宇宙飞船往返于陆岛之间，购买所需物品。经过几年的苦心经营，宇宙岛新村初具规模了。

比特始终为人类的安危担忧，决定返回陆地，再次向联合国有关机构提出自己的设想，并展示自己建立新村的成功经验。

他的计划终于被批准，大批地球公民从地球向宇宙岛新村转移。经过几年努力，现代化的太空新村终于建立起来了。人欢马叫，车水马龙，秩序井然。以往承受着人口、环境、能源威胁的人们，住在太空觉得十分舒畅。

《科幻故事365夜》，国际文化出版公司，1991年7月，赵喆改编

海洋卫士

刘学铭 等

香港缉私总部决定使用两名水上机器人——伊特和迈特在这一带海面上巡逻。

伊特和迈特是两名新造出来的机器人，在陆上可以执行任务，在水上只要打开机关就可以像汽艇一样飞速行驶。采用全自动电脑装置，编排着严密的计算机程序，身上装有红外线装置以及特殊的嗅觉、听觉和触觉，只要打开装置，方圆数百海里以内的海面全部在红外线监视之下。如果有特殊情况，嗅觉、听觉和触觉就会自动反映到电脑，然后由电脑统一指挥行动。

星期天的晚上，伊特和迈特正在海面上执行任务。半夜时分，有一艘货船正在摸黑悄悄往大陆方向驶去。

"有情况。"两个人几乎异口同声喊道，一前一后飞速朝目标驶去。

"我们是香港海上缉私队的，马上停船，接受检查，否则不客气了。"伊特说着朝天放了两枪以示警告。

船很快停了下来，伊特和迈特从船的两边上船，一人一边，往前搜索，走到船中央，两人同时有了信号，经触觉一反馈，他们马上发现了藏在船舱夹板里的一大批走私货物。

伊特和迈特押着船只胜利返航，他们不愧为海洋卫士。

《科幻故事365夜》，国际文化出版公司，1991年7月，季力改编

青春血液

刘学铭 等

黄昏，丽莎站在峭壁上，她恋恋不舍地最后看了一眼这生她养她的土地。她忍受不了白血病的折磨，闭上眼睛纵身跳下峭壁……

当她醒来时，发现自己躺在沙滩上。仔细回忆，仿佛记得自己跳下峭壁的一刹那，好像被一股巨大的风吹入一个圆形的机舱，一些身形相貌古怪的人把她按在一个软椅上，给她注射一种淡红色的液体，接着她就什么也不知道了……她不敢相信这一切都是真的，活动活动手脚，感觉浑身充满了力量，心情也比从前好多了。她站起来一口气跑回家中，见到家里人仿佛久别重逢一样高兴。

后来经医院检查，丽莎的白血病消失得无影无踪了，而且她的血液也和一般人不一样，红细胞寿命比一般细胞长一倍，被医学界称之为青春血液。医学专家们预测，如果不受意外伤害，丽莎至少能活 150 岁。

是谁为丽莎换的血，是外星人吗？这至今还是个谜。

《科幻故事 365 夜》，国际文化出版公司，1991 年 7 月，阿敏改编

盲人秘书

刘学铭 等

大学生乔克在一次偶然的事故中双目失明。他悟性聪颖，从小酷爱学习，学习成绩一直都很好。最近他通过考试，以优异的成绩被一家公司录用为秘书，协助经理处理日常事务。乔克来到公司不

到一个月，深得公司经理和同事的赞许。

乔克无论是传达经理的意图，还是外出洽谈生意或接待来访的客商，都做了详细的笔记。他的大部分笔记是用小号盲文打字机打下来的，这种打字机携带方便，只要把它放在膝盖上，就可以做记录，以便于向经理汇报出访和接待内容，反映客户的要求及消费情况。

有时乔克参加商品贸易公司会议，他先是把会议内容用录音机全部录下来，然后很快地译成盲文记下来。如需阅读电视打字机屏幕上的文字，他使用一种扫描器，这扫描器是将一个很小的照相机用线和一个振动器相连接，当扫描器扫视屏幕时，振动器就会按屏幕上文字的形状发出不同的振动，每振动一下就是一个字母。他通过手触振动器，可以知道屏幕上的文字，进而了解他所需的资料。

《科幻故事 365 夜》，国际文化出版公司，1991 年 7 月，烈梅改编

星际侦察

刘学铭 等

贝格尔是一个乐观开朗的年轻人，为托林飞船公司服务。他对自己的差事很满意，只是在庞大的情报机构控制下，他不得自由，萌生了去太空旅行的计划。

到太空旅行和出国一样需要办签证，因为所有人能达到的空间都被各国占有了。贝格尔办了美国空间的签证，驾起他的飞星号飞船出发了。

旅途是艰苦而寂寞的。这一天，贝格尔发现装土豆的袋子中竟睡着一位金发姑娘。姑娘说她叫梅维丝·欧苔，很喜欢探险生活，希望贝格尔带她一同旅行，贝格尔同意了。不久贝格尔发现了装在桌子下边的窃听器，原来这姑娘是一个密探。

飞船在太空中飞行。一天贝格尔忽然看见窗外一块小陨石上孤零零地坐着一个穿宇宙服的小男孩,怀里还抱着一只小狗。贝格尔把这个叫罗伊的小男孩接上飞船一同旅行。过了几天,从男孩和梅维丝的谈话中,贝格尔发现他也是中央情报局派来的。

他们三人相处和睦,旅行顺利。一天,他们发现了一个自然条件与地球极为相似的星球,飞星号在这里着陆。这里景色优美,气候宜人。贝格尔把在冰箱中冬眠的牲畜暖和过来,小罗伊当了牧童,贝格尔和梅维丝开垦了一片土地种作物,他们生活得很愉快。梅维丝和小罗伊甚至很少向地球发情报了。

一天,有一架飞船降落,来者是一位叫彼得的老头子,他说自己的飞船出了故障,要在这里维修。后来贝格尔得知,老彼得也是三流侦探。

这以后,贝格尔又接待了几位来访者,他们毫无例外是由于飞船故障而留下来的。他们全都对种庄稼产生了兴趣,几乎忘记了他们的本行。

一天晚上,他们收到了一封重要的电报,这些人聚在一起议论了一夜。

第二天,梅维丝告诉贝格尔他们都是间谍,但政府通知他们,这个星球不属于美国,这个星球和周围几亿千米的空间是属于贝格尔的,他们已没有权利住下去了。

他们惆怅地登上了归去的飞船,在这最后时刻,贝格尔叫住了梅维丝,向她倾诉了爱慕之情。梅维丝觉得没有什么力量能使她离开这可爱的星球,她不走,小罗伊也不想走,接着是老彼得,三个人又都留下来。

后来听说这里不错,大批侦探闻风而来,甘做这个国家的农夫。

《科幻故事365夜》,国际文化出版公司,1991年7月,赵喆改编

星际木刻

刘学铭 等

展览大厅里一幅题为"妻子"的木刻引起了观众极大的兴趣，一看就知道出自于大师名家之手，再一看署名果然是著名的木刻家伊万诺夫。

不过，几个内行者感到了事情的蹊跷。木刻家伊万诺夫早在一年以前就离开地球到 X 星球上去治病，一直没有回来过。但木刻上的日子是两个月前，这究竟是怎么回事呢？

休息室里，笑容满面的讲解员小姐拿出一只盒子说："秘密就在这里。"

打开那只与手提箱差不多大小的盒子一看，盒底是一块发黑的木板，一侧是一块奇怪的大镜子。再看看盒子中央，一把小刻刀被一只机械手紧紧握着，缓慢地在木板上移动，大伙都看呆了。只见小刀朝前、往后、停顿、起动，灵活地在木板上雕刻。讲解员小姐说，刻刀是远离地球的伊万诺夫用生物电流操纵的，他正在刻另一幅作品。

原来，伊万诺夫来到 X 星球后，奇特的地理环境和气候条件使他的身体恢复很快，他不愿整天休养，就建起了一间工作室。室内有一块涂上特殊金属的超厚玻璃，它能让 X 星球和地球上的人同时了解对方的情况。讲解员小姐一按电钮，大家马上看到了正在聚精会神工作的伊万诺夫。

两个月前的一天，伊万诺夫收到了地球请他"寄"作品参加 C 国美展的消息。他立刻开始选题构思，决定木刻的题目就叫"妻子"，以自己最亲爱的、日夜思念的"她"为原型。伊万诺夫坐在屏幕前，在脑子里把这幅木刻"刻"了一遍，又修改了几个细微之处，直至认为满意，才站起身来。

木刻获得了极大的成功，这是伊万诺夫意料之中的事，因为他把一年来对妻子的万般思念都融汇于木刻上，他射向地球的脑电波一定是强烈而又清晰的，地球上的接收器收到信号后，机械手顺利地完成了这幅木刻。

《科幻故事365夜》，国际文化出版公司，1991年7月，恩荣改编

神警勇探

刘学铭 等

乔治是警察局一名出色的侦探。天刚刚亮，他接到电话，市内一家珠宝店遭抢劫，保安人员全部被害。

乔治驾驶着自己心爱的小轿车到达现场，取出随身携带的一个形似照相机的摄像仪。旁边一位警员不解地问："乔治，你用这个干什么呢？"

"这是世界上最先进的红外摄像仪，用它来破案，是最好不过的，等真相大白时，你自会明白的。"乔治回答。

原来这种红外摄像仪是根据红外辐射的原理制成的。人的体温为37℃，一般总是高于四周空气的温度，于是就会产生很多的、几微米的红外辐射。无论罪犯如何绞尽脑汁，千方百计地灭迹毁证，都无法使自己的热身体隐藏起来。这样，他们就不可避免地在作案现场留下一个"红外热像"——一个人用肉眼所看不到的红外辐射热源。即使罪犯逃跑了，但这个热像影子还会在现场停留。

乔治用红外摄像仪把罪犯的红外线辐射影像拍摄了下来，然后回到警察局，通过光图像的转换把影像显示出来，储存在电脑里，

乔治有了线索，又经过几天的明察暗访，终于一举抓获了所有的罪犯。他首次利用红外摄像仪协助破案，就获得了成功。

《科幻故事 365 夜》，国际文化出版公司，1991 年 7 月，方明改编

起死回生

刘学铭 等

神经科主任高春大夫在谢明教授弥留之际，给他做了开颅手术。谢教授患了极其特殊的恶性脑瘤，本人愿意献出自己的头颅，为医疗事业做最后一次贡献。女儿谢媚支持爸爸的遗愿，同意高大夫的手术，因为她受父亲嘱托，看到了爸爸留在小盒子里的信和日记本。信中和日记里写下了谢教授和高春大夫的一段情结。

高春在念高中时就认识了教授生命伦理学的谢明老师，并深深地爱上了他。为了不失去这个单恋的机会，她放弃了物理专业，报考医学专业，又成了大学主讲脑神经学展望课程的谢明的学生。那段时期里，许多同学追求高春，但都遭拒绝，因为高春心中有谢明。后来高春得知谢明已经结婚，有个美满幸福的家庭，有个女儿叫谢媚。高春沉浸在痛苦中。

一次，在街上，高春与谢教授相遇，她勇敢地吐露了自己的真情，激起谢教授的恋情，他们互通书信，倾诉爱慕。其时有一个名叫陆明的青年，热烈追求高春，痴情可嘉。在一次高春又拒绝陆明时，陆明在归途中出车祸，头部受重伤，完全丧失记忆。高春在后悔之余，为回报陆明的真情，决定嫁给陆明，准备终生侍候这个完全丧失记忆，但能活动的"植物人"……

谢明知道了高春与患重病的陆明结婚，内心十分不安。在陆明车祸期间，谢明发现自己头脑里有一颗正在扩散的肿瘤，萌发了在

他脑神经细胞还活着的时候，将健康的细胞移植到陆明头脑中去的计划。如果实验圆满成功，不仅他本人的记忆可以转移到陆明的头脑中，而且在这种记忆健全的脑细胞的影响和刺激下，丧失记忆的患者的脑细胞很可能部分地复苏过来。这样，可以使两个男人的两份爱心集中到一个人身上，去爱一个完全配得到双倍爱的女人……

在谢教授遗体火化后不久，一位身材修长、温文尔雅的美男子来找谢媚，他就是陆明。他如数家珍般地把谢教授和女儿的一些往事讲给谢媚听，还讲到了谢教授留给谢媚的小盒子里的信和日记本。谢媚钦佩高春大夫的高超医术，是她成功地把爸爸的记忆珍藏在陆明的头脑中。

陆明接着说："我比你大 12 岁，按这个年龄的差距，你称我为爸爸也是可以的。不过我不完全属于你爸爸，我还有相当大的比例是属于陆明的，还保存着他的记忆和思维方式。你应该羡慕你陆叔叔我得到了高阿姨，得到了双倍的智力和荣誉。"

《科幻故事365夜》，国际文化出版公司，1991年7月，卜方明改编

鬼谷悲歌

刘学铭 等

夜幕降临了，"鬼谷"显得格外阴森可怕。一束绿光照在不远处的一块石壁上，石壁后面传出"嘶嘶"的琴声。随着琴声，一曲悲歌打破了静寂的沙漠世界，刘刚勇敢地向石壁走去。

绿光下一个少女唤道："过来吧，地球人。"那少女自我介绍说："我叫黛丽丝，是天狼星人。"她又用手轻轻按了一下钛合金的放像机，石壁上出现了意外的景象：一架刚刚着陆的飞船上走下一群外星人，他们微笑着挥动双手向地面上的人打招呼。不料，地面上的人忽然

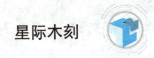

喧闹起来，石斧、弓箭、青铜大刀一齐飞向外星人，站在扶梯上的一位老人双手还没放下就被一支冷箭射中胸膛。外星人大怒，他们拿出激光枪，发出几束激光。地面上的人纷纷倒下……

黛丽丝告诉刘刚，这是3000年前的事了，后来地球人又放火烧毁了我们的飞船。从那以后，只要地球人一进入我们的领地，我们就用激光枪消灭他们。不过，现在我们也明白了，地球人也有好人和坏人之分。刚才追捕你的那些人要是进来的话，我绝不会客气的。因为我正在用歌声悼念我们飞船的老船长。

刘刚在这里住了好多年，直到1976年黛丽丝才用气垫船把刘刚送出了"鬼谷"。

《科幻故事365夜》，国际文化出版公司，1991年7月，赵喆改编

海上城市

刘学铭 等

《环球周报》发表了美国记者露易斯·布朗的纪实文学——《珊瑚海上的明珠》以后，这座人造海上城市迎来送往了一批又一批的观光者、旅游家、考察团。

梅斯克林是人类向海上进军的一个典范。它是由联合国出资、集中了各国当代优秀的科学家和工程技术人员、花费了几十年时间建造的现代化海上城市。它不同于以往的人力围海造田，而是靠科学创造的奇迹。科学家们利用这里的地质构造，通过金属网微电流方法富集了海里的珊瑚、甲壳类动物等，形成了以珊瑚岛为柱基础的连片碳酸钙"地面"。这种地面越积越厚，强度大大超过了钢筋混凝土。因此这个海上城市不能种庄稼，市区的所有树木都是盆栽

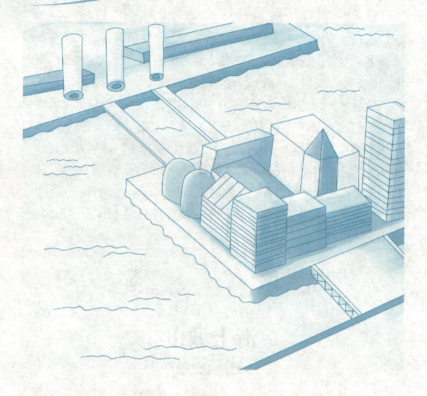

的。在这座城市里，工厂、学校、医院、游乐场、运动场应有尽有，最大的莫过于太阳能发电厂和潮汐发电厂了，它们发出的电力足够整个城市用电。在这里，人们尽情地享受着大自然所给予的一切，同时人们也十分注意保护生态坏境。旅游者们称梅斯克林为现代耶路撒冷。

随着人口的增加，现有的大陆土地将会显得越来越不够用，聪明的人类当然会想到建设越来越多的海上城市，来为人们提供更多的生产、生活基地。

《科幻故事365夜》，国际文化出版公司，1991年7月，恩荣政编

海底游魂

刘学铭 等

杰拉尔德·弗尼斯在未婚妻丽丝以及父亲豪克逊的陪同下来到了 D 半岛。弗尼斯是著名的水上运动员，在前不久举行的跳水比赛中，将人类跳水的高度提高到了 50 米。但紧跟其后又有 29 名勇敢者也在这一高度，与弗尼斯一样完美地完成了一系列规定动作。为了决一雌雄，服装大王克罗斯邀请 30 位选手到 D 半岛继续举行一场比赛。

这座荒凉的半岛上，没有人迹，也不长一根草，显得十分神秘。

比赛开始了。一声枪响，30 名勇敢者的双脚离开岸土跃入水中，这次评分的唯一标准就是看谁先露出水面。

两个小时过去了，仍不见一个人露出水面。

一天过去了，无一人回到海面上。

一名潜水员入海探视，也一去不归。令人难以想象的是奉命前来调查的微型侦察潜艇也一去不复返。

目睹这一幕幕惨景，地学博士、弗尼斯的父亲豪克逊感到不能再盲目行事，决定亲自主持调查。

当海底调查船移动到这个神秘的海区时，指示器立即发出了停机的指令。豪克逊博士从电视监视器里看到了一股潜流在船前不远的地方流动。他仔细观察，看到了海中有走动的人群，他辨认出了儿子等 31 个人以及那艘微型潜艇。

经测定，这里是冷、暖流的交融处，形成了一般强大的旋涡，再加上岩石里产生的一种 Y 射线，保存了尸体，尸体在旋涡里流动，就像人行走一般。

真险啊！如果调查船不及时停机，也会被卷入了这支"海底游魂"的队伍。

但是岩石里为什么会有这种 Y 射线呢？D 半岛又为什么呈现这样奇怪的地貌呢？

原来，斯堪的纳维亚半岛与日德兰半岛本是连在一起的。史前的一天，一颗行星撞击了地球，造成了今天的斯卡格拉克海峡，形成了两个半岛，而 D 半岛就是行星的残骸。

《科幻故事 365 夜》，国际文化出版公司，1991 年 7 月，阿敏改编

模范监狱

刘学铭 等

今天我来到了被称为"模范监狱"的 M 国 K 州州立监狱采访。进入监狱大门一看，确实与众不同。院内有不少亭台楼阁、绿荫花池，除了围墙上的电网以外，简直找不出一点儿监狱的影子。监狱长向我介绍正在从事生产劳动的犯人。被介绍的犯人，有的非常腼腆，有的温文尔雅，简直想象不出来，他们曾是强奸犯、盗窃犯，有的甚至是杀人犯！

我不相信这些曾在社会上为非作歹不可一世的渣滓，一旦进入 K 州监狱就会自然变好了。这里肯定有假！于是我尽力搜寻其中的奥秘。

这时，恰巧听到一阵警车的响声，只见两个狱警架着一个新入狱的犯人进入审讯室。这个犯人一边挣扎，一边叫骂，跟在电影里看到的歹徒没有什么两样。我悄悄地绕到审讯室的房后，透过玻璃窗观察将要发生的一切。

审讯室里，两名狱警把还在拼命挣扎的新犯人按在一把特殊的椅子上，绑上四肢，然后像给病人做心电图一样，把犯人的手脚都卡上电接触器，头上套上了带针的头盔。之后，狱警按了一下电钮，一旁的电视屏幕上立刻显示出了犯人的心电图、脑电图和一连串数据。紧接着电子计算机开始工作，随着电子计算机的嘀嗒声，犯人头盔上的银针上下跳动。几分钟后，只见电视屏幕上的心、脑电图逐渐变得平稳有规律了，旁边的数字不见了，代之以"正常"二字。电子计算机便自动停止了工作。狱警们把犯人放了下来，犯人竟服服帖帖地听从狱警的指令进入了指定牢房。我明白了，他们是对犯人使用了电刑！

看过了审讯室对犯人实施电刑以后，我决心写一篇报道，揭露这个所谓"模范监狱"的内幕。监狱长纠正我说："您弄错了，我们这不是电刑，而是电疗。"于是监狱长介绍起他的电疗来了，听起来似乎有些道理。

原来这种电疗法是 M 省理工学院赫伯斯教授的新发明。通过测定犯人的心、脑电图，分析其思维类型，再通过电子计算机对其反常的思维进行刺激和纠正，以达到使犯人对自己所犯罪行进行反省的目的。据监狱长介绍，多数犯人通过电疗对自己过去的犯罪行为产生了深刻的厌恶感，有的甚至痛心疾首地表示要痛改前非。所有通过电疗的犯人没有发现有再次犯罪的记录，而且这种电疗对人体没有任何损伤。"那么是否犯人经过电疗即可获释出狱呢？"我问。"不是的，电疗只是对犯人进行生理和心理治疗的一种方法，它不能代替刑罚。罪犯依照法院判决服刑，是维护法律尊严的必要手段。况且为了巩固电疗效果还要有一段心理治疗过程。因此所有犯人必须在监狱服满刑期。"监狱长回答。"那么为什么以前没有听说过你们监狱关于电疗的消息呢？""因为我们内部对实施电疗仍有不同意见，强制进行电疗是否符合人道主人精神，对此尚有争议，故此没有对外宣传。"

与监狱长一席对话，使我对"模范监狱"有了重新认识，我觉得对犯人进行强制电疗总比让他们抗拒改造胡作非为强得多。我甚至希望能尽快普及推广电疗法，以校正一些不法之徒的思想和行为。

《科幻故事 365 夜》，国际文化出版公司，1991 年 7 月，周肖改编

万能音乐仪

刘学铭 等

苏宁是个有名的小音乐迷，会演奏好几种乐器，而且具有创造能力。有一天，他神秘地对身为电子学专家的爸爸说："爸，我想发明一种万能音乐仪，你能跟我合作吗？"爸爸满口答应说"行"。

从此以后的业余时间，这对父子就忙开了，查资料，绘图纸，买材料，加工制作，不到一个暑假，电子音乐仪就制好了。这真是一件万能的仪器，它首先具有录音的功能，并且灵敏度和分辨率极高；其次，它能把接收到的任何音响信号进行分组编排和存贮；再次，它会把存贮的信息转换成音符；最后，电子音乐仪能把加工后的音乐信号传出来，形成一曲悦耳动听的优美旋律。这样，只要有了这台万能仪器，在任何环境下，都能提取和形成乐曲。仪器兼有录音、翻译制作、卡拉 OK 等诸多功能。不久前，苏宁和爸爸已申请专利，生产出的部分仪器深受大家欢迎。

《科幻故事 365 夜》，国际文化出版公司，1991 年 7 月，阿敏改编

海洋粮仓

刘学铭 等

我到 D 市公出，在海洋研究所里找到了老同学秦力。她还是那么热情，把我拉到小餐厅。不一会儿，一桌挺标准的宴席就摆出来了。鸡、鸭、鱼、肉俱全，色、香、味、形俱佳。这真是太浪费了，我们两个人怎么吃得了这么多东西？再说我怕继续发胖，正在减肥，秦力仿佛看透了我的心思，一边劝一边解释："这些都是高蛋白、低脂肪的健康食品，不会胖的。"我一听，本来就饿了，于是大吃起来。

吃过饭，秦力说："做这么多菜，就是向你做宣传。我们是做海洋研究的，这些东西当然出自大海。我告诉你一个数字，近海水域自然生长的海藻，年产量已相当于目前世界小麦总产量的 15 倍。你今天吃的，全是海藻深加工的产物。"

她带我去看他们人工繁殖海藻的试验田。碧蓝的海水连着蔚蓝

的天，一方方整齐的水面蓬蓬勃勃地生长着各种颜色的藻类。走到一方待播种的水面前，秦力抓起一把"种子"扬到水中，也不知他们加了什么生长激素，眼看着，绿色的海藻由小至大，连成一片。"长得真快呀！"我赞叹着。

秦力说，1公顷水面的海藻，加工后可获得20吨蛋白质、多种维生素以及人体所需的矿物质，相当于40公顷耕地每年所产大豆的总含量。现在，他们又以惊人的速度人工繁殖，真使大海成了人类取之不尽、用之不竭的粮仓。

《科幻故事365夜》，国际文化出版公司，1991年7月，季新仁改编

万能饮水杯

刘学铭 等

　　2058 年的一个夏夜，一艘超级油轮满载原油从波斯湾开来，正行驶在日本海上。天异常闷热，忽然，电光一闪，"轰隆隆"的雷声过后，下起了瓢泼大雨。船员们各就各位，严阵以待，随时准备对付会出现的灾难，精良的设备、水手们熟练的技术，使这艘油轮屡经暴风雨的洗礼而安然无恙。可是那天情况万分危急，船长不得不下令弃油保船。

经过长时间拼搏，水手们累得精疲力竭，然而更要命的是淡水已被严重污染，大家面临绝水的危险。呼救信号发出好久，仍无任何救援信息传来。大副突然眼前一亮，对船长说："咱们有一只'万能饮水杯'，新研制的，正好检验检验。"

这种茶杯跟我们现在用的杯子从外表上看没有多大差别，但却有其独特功能。它最主要的功能就是无论给杯子里盛入污染程度多么严重的水，"万能饮水杯"最慢也能在一分钟内把它净化成一杯清澈、可口的饮料。

水手们在"万能饮水杯"里盛了一杯油水混杂的液体，等送到船长面前时，杯子里的水已是清澈透明。船长喝了一小口，大声嚷道："这水好甜，这不是苏打水吗？"于是，大家都抢着喝"矿泉水"。欢呼声荡漾在碧海上空，巨轮迎着初升的太阳向前驶去。

《科幻故事365夜》，国际文化出版公司，1991年7月，赵喆改编

开发 X 星球

刘学铭 等

首批探险的4名宇航员顺利返回地球并带回资料和报告，根据目前的航天技术和对 X 星球的探查结果，21世纪航天中心会议认为，可以实施"SETI 计划"。会议决定首批派遣120名由40多个国家的科学家、专家组成的先遣队赴 X 星球。被选中的队员个个摩拳擦掌。我有幸作为世界广播电视中心的记者随队一起去 X 星球，深感无比光荣。

我们登上超光速星际飞船后，莫里森博士给了大家每人一颗"定心丸"，避免飞船在冲出地球时因引力变化而引起的异常反应，效果很好。飞船运行了36小时12分，进入 X 星球引力的范围，接着

靠近地面，慢慢地停在一片广阔的平地上。4名机器人首先走出船舱，以极快的速度在方圆40千米的地方放置了4个光能空气释放器，只要有一点点光，这仪器就能释放出大量与地球表面的空气相同的空气来，以便使我们这些地球人能自由地呼吸到和地球上一样的新鲜空气。随后，我们陆续走出舱口，第一项任务就是建营地，搭帐篷，安装仪器、设备。按计划，第一批先遣队的任务是建立临时基地进行资源勘探。第二批的任务将是部署工业、农业基地的总体开发。第三批的任务将是综合开发和现代化城市建设。

　　就在我们紧张地进行工作时，临时基地控制中心突然接到一个脉冲信号。紧接着，远处飞来一个流线型的飞行物，在基地旁边停落下来。科学家们估计是外星人，他们要来干什么？大家都猜不出，有人还很紧张，备好了激光枪。

　　飞行物上下来的果然是外星人。他们生得高大，体魄健壮，但长相明显与地球人不一样。他们看起来并无恶意，搬出了一个话机，对着话筒"依里哇啦"说了一阵，扬声器里传出来的却是英语，大意是：我们不是来和地球人争夺星球的，我们只是来建立一个新标志，给地球人送一份礼物。接着，外星人从飞行物中驶出一台机头发出一片片闪光的机器，在一片空地干开了，大家都弄不清楚他们在干什么。几天后，他们的工作结束了，流线型飞行物升空离去，空中传来"拜拜"的英语再见声。

　　我们好奇地来到作业场，一看都惊呆了。一座现代化的城市拔地而起，庞大的建筑群，有欧式的、美国式的，还有中国式的、日本式的，街中心广场有一座高大的雕像，雕着一男一女和小孩儿的外星人裸体像。几乎所有的科学家都相信，我们所遇到的外星人所生活的社会，是一个比地球上人类发展早几万年甚至十几万年的文

明社会。学习外星人的科学技术，对地球人类的生存发展具有十分重大的意义。

《科幻故事365夜》，国际文化出版公司，1991年7月，季力改编

飞跃百慕大

刘学铭 等

百慕大三角区在大西洋上，长期以来，无数船只、飞机在这里神秘地失踪了。一提百慕大，人们谈虎色变。

　　马格兰博士小的时候，他的父亲及其飞机就消失在这里。从此，他立志要解开百慕大"魔鬼三角区"之谜。如今，40多年过去了，他已是大名鼎鼎的"战胜魔鬼三角区骑士"了。据说，他呕心沥血研制的专门飞跃百慕大的飞机今天就要起飞了。作为《现代科学》杂志的记者，我欣然前去佛罗里达基地采访他。

　　我到机场时，马格兰博士已经登上了"白蓝号"飞机。10点钟，飞机像离弦之箭，一下子腾空而起。

　　下午2点半过一点儿，它安全地返回了。

　　马格兰博士一走下飞机，就被欢迎的人群和记者围得水泄不通。

他说，他选择今天这样好的天气，就是为了拍摄到清晰的录像片和能够更清楚地观察。"白蓝号"基本上达到了设计要求，具有很高的抗强磁的能力。在百慕大上空，"白蓝号"上的仪器绝大部分都能正常运转，就是声音系统出现了一点儿故障。飞机刚进入"魔鬼三角区"不久，耳机里传来一声轻微的爆炸声，之后就没有声音了。他看到了一只只活跃的飞碟向飞机飞来，有的眼看就要与飞机相撞，却奇迹般地滑向一边。尤其令他兴奋的是，在飞机上他已从海中汲取了足够多的"白水"，供今后继续研究之用。

马格兰一行这次身临其境，拍摄到大量珍贵的录像资料，为今后的研究提供了很大帮助，百慕之谜最终解开已是指日可待了。

《科幻故事365夜》，国际文化出版公司，1991年7月，胡永永改编

与"拉玛"相会

刘学铭 等

2130年，人类已经成功闯入了宇宙。在太阳系各个天体上"安居乐业"，从事太空科学研究，并且成立了行星联盟，总部设在月球。这个总部除月球本身外，还掌管地球、火星等太阳系的九大行星之间的联系，不断进行太空探索、太空殖民和商业性的宇宙航行等活动。

一次，地球突然遭到了陨石的袭击，损失最严重的是意大利北部地区。自这次浩劫之后，行星联盟在空中设置了太空警卫系统。这是一种范围广阔的弹道导弹网屏，用以防止地球再次遭到任何游离的空间天体的碰撞和冲击。

有一天，这个太空警卫系统突然发现一个来历不明白的飞行物闯入太阳系。这一发现，引起了行星联盟的严重关注，还以印度教的一位神的名字"拉玛"来给它命名。"拉玛"进入太阳系后，以

凌厉之势在水星降落。联盟总部立即成立了应付"拉玛"委员会，派遣太阳系科学考察飞船"努力号"飞向"拉玛"。

"努力号"船长叫威廉·奇·诺顿，是位卓越的宇航指挥官。诺顿率领队员登上"拉玛"之后，就潜入内舱，开始了一系列的紧张调查工作。"拉玛"是一个长 50 千米、直径 20 千米的巨型空心圆柱体，是个密封的机械体系。从末端到中央，通往墙壁那边是大楼梯，环绕"拉玛"腰部四周的是圆柱体海洋，侧面是透明的金属悬崖。6 个巨大的人造太阳，把来自深邃河谷的直线光，照射到圆柱体的另一端。内室各部分结构和颜色都是迥然不同的，真像星罗棋布的城市和乡村。

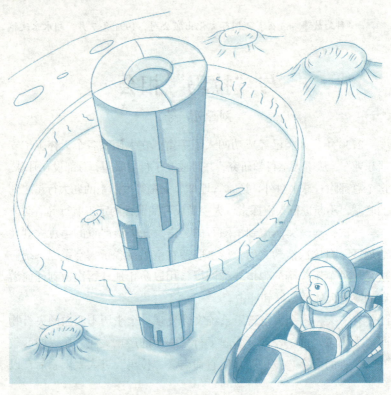

诺顿派遣他的队员到"拉玛"各处去探险。有的驾驶代用小船，横渡圆柱体海洋；有的骑着"天空自行车"，到内室终端去攀登那神秘的山峰。"拉玛"上的一切装置，都显示了外星人的文明已远远地超过了久居太阳系的人类。

水星人仇视来自外星系的不速之客，他们想用热核导弹来炸毁"拉玛"。诺顿为防止事态发展，命令其队员迅速地撤离"拉玛"。

说来也怪，"拉玛"人并不在"拉玛"的魔宫里。他们利用圆柱体海洋内的化学物质，创造出一些生物机械人，他们就是"拉玛"的乘务人员，是机械和生命的混合体。为了飞行和工作的需要，这些生物机械人有着各种不同的型号和形象，能独立完成各种特殊的使命。

"拉玛"人显然是高度文明的种族，他们创造了万能的计算机，还通过它所创造的生物机械人来操纵"拉玛"。可见"拉玛"人无论在物质上，还是在精神上，都成为宇宙天体中自然而合理的组成部分。

庞大的圆柱体"拉玛"获取了足够的太阳能以后，突然掉转方向，离开了太阳系，向宇宙深处飞去，其速度之快，令人惊讶不已。"努力号"成员目送着"拉玛"远去，诺顿等带着无法解答的谜，飞返月球总部……

《科幻故事365夜》，国际文化出版公司，1991年7月，卜方明改编

巨型声弹

刘学铭 等

警察局副局长约瑟·占姆接到报告：在H城的哈里·杰克逊机械公司的公职人员全部罹难！他马上登上专用直升机到达H城，发

现亨利局长早已在等他了。现在，原来很繁荣的大街上、人行道上躺满了死尸；百货公司、影剧院、酒吧间本身没有什么变化，可是，所有的顾客、观众和食客都成了一具具僵尸……他们又看到这个大公司的董事们、出纳员也都死了，但所有的现金分文不少……

　　全城唯一的一个幸存者，是个又聋又哑的残疾姑娘。亨利局长取出电子全息摄影机，对准姑娘的眼睛照了起来。原来人眼会把强烈的印象在短时间内留印在视网膜上。亨利局长照完后，扳动微型全息放映机开关，墙上立即出现了全息电影逼真的场面，使警官们对这一惨案的发生原因有了全面的了解：

　　原来，这是噪声危害的恶果。H城是大型机械托拉斯之城，交通发达，厂房林立，平时噪声已达饱和状态。由于H城的地理位置

及建筑特点的缘故，使它很像一条飞机跑道。灾难发生的当天，有4架909大型超音速客机由于导航系统失灵，从空中错把H城当成机场跑道，俯冲下来，打算降落。可是，当4架客机接近"跑道"时，驾驶员才发现这原来是一座城市，急忙拉起操纵杆，加大油门，以避免和H城相撞。这时，4架客机时速都超过3000千米，声音的冲击超过了音障，空气的压力产生了独有的激波，这使H城本来就接近饱和状态的噪声骤然膨胀。人们终于忍受不了，歇斯底里的喊叫、挣扎又增加了噪声的强度，造成了噪声增长的恶性循环，直到H城6万人全部倒毙为止。当然，有一个完全聋哑的人是幸存者，这就是那位姑娘。

《科幻故事365夜》，国际文化出版公司，1991年7月，赵喆改编

为了珍妮弗

刘学铭 等

1972年7月17日，珍妮弗·爱德华出生在美国俄亥俄州乡村的一所医院里。一天，妈妈给她洗澡时，突然发现女儿的右脚肿得厉害，就立即带珍妮弗去看医生。

诊断之后，珍妮弗接受了唯一可行的放射治疗，并把患肢塞在一种有压力的长筒袜中，但这些都没有减轻肿胀。上学后，尽管受疼痛折磨和别人嘲笑，但珍妮弗都勇敢地承受下来。她学习非常刻苦，功课总是在班上名列前茅。每次从学校放学回来，妈妈总能看出女儿是否哭过，但珍妮弗只字不提，偶尔还露出几丝幽默。

1980年春天，珍妮弗的右腿出现溃疡，如果发生感染就得截肢。

珍妮弗日趋恶化的病情，使她的祖父老爱德华深感痛苦。老爱德华先生决心要自己想办法帮助孙女康复。老人年轻时曾有七项专

利发明。现在第八项发明构思已经形成，他一头钻进工作间，常常工作到深夜。其间他的心脏病发作了两次，但他毫不理会妻子不许他过分劳累的警告。1980 年 11 月，一个新的装置诞生了。这种新型泵由两个专为珍妮弗设计的袖袋和电子控制系统组成，一个放在右臂上，一个放在右脚上；每个袖袋又分三部分，每部分在特定的时间里接受特定的压力。第一个星期，珍妮弗每天用泵治疗 8 小时，效果很明显，没有产生任何副作用。

过了一阵，珍妮弗的两腿变得差不多一样粗细了，每天只需用泵治疗 1 小时。又过了一段时间，有一天，珍妮弗上气不接下气

跑回家，对祖父大声说道："爷爷，我现在跑得比班上的每一个人都快！"老人的眼睛湿润了。

　　就在老爱德华完成泵的研制工作后，他的右眼视网膜出血，加上左眼本来就有病，这样，老人双目失明了。是坚强的意志和强烈的爱心使他在发明泵之后才失明的。现在珍妮弗经常拉着爷爷的手散步、读报，以百倍的照顾回报爷爷的恩情，这种真实而又深厚的情感被亲友们传为佳话。

《科幻故事365夜》，国际文化出版公司，1991年7月，李静敏改编

正好两分钟

刘学铭 等

　　锡美伊兹郊外的山坡上有一座孤零零的小屋，著名的发明家瓦格纳教授就住在这里。

　　麦克一直很崇拜这位发明家。自从知道瓦格纳住在这儿以后，他就天天守候在离小屋不远的树丛后边，以便有机会拜访教授。终于有一天，瓦格纳教授出来了，并开始在平台上练莫名其妙的功夫。就在他做着这些举动的时候，一不小心摔伤了自己，麦克跑过去扶起他，并把他送回小屋中。

　　第二天早晨，瓦格纳苏醒过来。麦克离开他走到院子里，院中的一件仪器引起了他的注意。晚上，瓦格纳教授告诉麦克他自己正在做的工作。原来，瓦格纳正试图驾驭重力，让它为人类服务，那件仪器就可以增加重力。同时，他还告诉麦克他可以使地球上除两极之外的所有地区失重，方法是加快地球旋转速度，使离心力逐渐变大。说着，他就现场做起试验来。一开始麦克没有任何感觉，第二天，他开始感到有点轻飘飘的，太阳好像在蓝天上跑，比往常提

前半天就下山了。以后的日子里，每天地球都在加速旋转，电台不断传来消息，火车出轨的事故越来越多，暴雨成灾，非洲和美洲有许多人在离心作用下失重了，头脚颠倒，赤道上有些人已经开始窒息。教授解释说这是由于离心力把地球引力所吸住的大气层掀掉的缘故。这时麦克感到愤怒和恐怖，他想指责教授在制造一场灾难，然而他没来得及指责就觉得自己也失重了，只要自己口袋里不装满石子，就会"掉到天上去"。空气开始稀薄起来，最后麦克终于失去了知觉。

　　麦克醒来的时候，周围一切都很正常。教授笑吟吟地告诉麦克，他正在试验一种新教学法，从麦克一看到他时，他就对麦克施行了催眠术，在催眠术作用下，一切经历都像真的一样。而实际上，整个过程正好只有两分钟。在这两分钟里，麦克上了一堂生动的重力与离心力的物理课。

《科幻故事 365 夜》，国际文化出版公司，1991 年 7 月，恩荣改编

杀人鲸的传说

刘学铭 等

杀人鲸是海洋里最强悍的热血哺乳动物，雄鲸矫健无比，重 6 吨，最大者长达 15 米。但是被驯化的杀人鲸，可以成为人类的好朋友。它们具有高度的智慧，有时甚至超过人类。

一天，捕鲨队遇上杀人鲸群。队长诺伦不听女科学家丽珠的劝说，拿过装上麻药的鱼叉，对准其中一只最大的雌鲸用力抛过去。雌鲸被击中了，诺伦命令把它吊上船，大量失血的雌鲸被高高悬挂在甲板上方。

在船后紧追不舍的雄鲸看着船上的一切，用巨大的力量在水下拱船，船剧烈地摇晃着。

诺伦发现连忙高呼："快把雌鲸抛下海去，船要沉了。"

老水手罗域爬上吊杆，割断绳索。几乎就在雌鲸掉下海的同时，雄鲸突然跃起，一口把正在爬下吊杆的罗域叼住拖下海去。

在南港渔村边，丽珠望着不远处的鲸尸，力劝诺伦离开此地，因为杀人鲸已记住了他。这种鲸的记忆力极强，对伤害它们的人多少年都不会忘记。

就在诺伦回村后的几天里，那只雄鲸每天都来南港骚扰。诺伦知道搏斗不可避免了，他给母亲发了一封告别信，又买了一支枪。他悄悄扎了一个很像自己的草人，想把雄鲸诱出水用枪打死，但雄鲸没上当。

人们昼夜为诺伦修船，希望他速去与雄鲸决战。在这期间，那雄鲸又来了，它冲垮了海边的信号灯小屋，油灯摔在地上，引起大火，港口成了一片火海。发泄了仇恨的雄鲸快乐万分，在水中欢腾跳跃。这一切被诺伦看在眼里，他气急败坏地嚎叫："你这个报复心极强的家伙，你要报复来找我呀！我原来为我的过失理解你，不忍心打死你，现在我一定要与你拼个你死我活，你听见了吗？"

诺伦驾船出海了，丽珠等 4 个人自愿与他同行。丽珠希望这件事能有一个好点儿的结局。

诺伦将船驶向杀掉雌鲸的地方，他相信雄鲸会在那里迎战。果然快接近那里时，雄鲸来了，露在水面上的尾鳍不停地摆动，像在发出一种召唤。诺伦明白，它要自己跟着它。不想那雄鲸又突然掉转头，"腾"地向船上扑来，使诺伦牺牲了一个同伴。

第二天黎明，他们发现船跟着雄鲸已来到贝尔岛海峡的拉布拉多海岸，前面就是冰海，已无退路。船碰上了冰块，引擎停了，船被鲸猛顶一下，又一位同伴掉下水去，立刻不见了踪影。

又一天开始了，诺伦不知为什么觉得今天就要见分晓了。他放下枪，说要和雄鲸公平交手。杀人鲸冒出来了，诺伦手中的鱼叉飞快地掷去，又中了，流着血的雄鲸狂怒地吼叫着，离去了。这惊险的一幕分散了人们的注意力，船撞上了冰山也没发觉。冰块像巨石般滚滚落下，毫不留情地埋葬了第三位同伴。

船翻了，诺伦和丽珠两人跳到浮冰上，还没容他们喘口气，杀人鲸从冰下面钻出来，浮冰碎了。丽珠急忙跳到邻近的冰山上，诺伦跟了过去，脚下一滑滚下山来，落在一块浮冰上，浮冰漂离而去，蓦地，刚才不见踪影的雄鲸腾跳起来，把诺伦抛下大海。诺伦在冰海里失去了自卫能力。杀人鲸并不去咬他，而是用力大无比的尾巴将他摔死在冰山上……一场人与鲸的恩恩怨怨了结了。

《科幻故事 365 夜》，国际文化出版公司，1991 年 7 月，卜方明改编

金蛋的秘密

刘学铭 等

　　我在 D 州农业部任职期间，我的邻居——一个叫马克的农民来找我，说他家的鹅生的蛋不能孵化，要我随他去看看。

　　他把蛋拿给我看，我着实吃了一惊，它竟有两磅重！马克把鹅蛋拿过去摔在地上，蛋没破。我捡起鹅蛋一看，蛋壳裂开一条缝，里面露出金色。我剥掉几片蛋壳，看得更清楚了，蛋壳里面是一层黄金。我又仔细观察了会下"金蛋"的鹅，看不出与别的鹅有什么区别。

　　我把这只金蛋带回部里，经批准成立了一个小组，专门研究金蛋。这个金蛋长径 72 毫米、短径 68 毫米，金壳有 2.45 毫米厚。在金壳内是蛋白和蛋黄，经化验分析，成分还很正常，其中含有 0.32% 的四氯化金。

　　我还试图尝了一下煮熟的蛋黄，很恶心，金蛋绝对不能吃！

　　我们带了许多仪器来到马克的家中，对这只鹅进行了各种检验。结果表明鹅血中含有较多的氯化金离子，肝静脉中含量更高。看来氯化金离子是由肝脏分泌出来的，经血流到卵巢后被吸收，变为金子，沉淀为金壳。

　　那么金子又是从哪里来的呢？我们在这只鹅的消化道中发现有微量的金。又化验了鹅血，令人惊讶的是与血红蛋白结合的不是金属元素铁而是金！含金有机物随血液流动，流经卵巢，金便沉淀在蛋中。

　　可是，鹅的饲料和附近的土壤中根本没有金子，而这只鹅每天生一个含 40 克金的蛋。这样大量的金子究竟从何源源不断而来？小组中最年轻的阿伯尔提出一个大胆设想，鹅可能是将铁化为金。这新奇的想法却得到了核物理学家约瑟的赞同，他认为只要在鹅体内进行原子核反应，假设就能成立。

他分析说，原子核反应可以由一种同位素进行，而其他同位素不变。他将鹅血红素灰化进行同位素分析，真的没有了铁^{56}。自然界的铁是由铁^{54}、铁^{56}、铁^{57}、铁^{58}四种同位素组成。铁^{56}消失，这就意味着有原子核反应进行。但是要把1克铁化为1克金需要1克铀^{235}裂变放出的能量，这么大的能量从何而来呢？约瑟又接着说："看来还有一个放能的核反应。放能的反应系统是氧^{18}变为铁^{56}所产生的能量，正好使铁^{56}变为金^{197}。"

我们马上动手把这只鹅放在富含氧^{18}的水中饲养了一周，结果周末鹅产出了45.8克金子。这只鹅真是个活的原子反应堆！它不断

从食物和水中得到氧 ^{18}，同时不断制造出金 ^{197}，而中间产物铁 ^{56} 在反应中一产生就被用掉了。

我向马克询问鹅的来历，他说是一年前从 N 地带回来的。一切都明白了，那里在前几年频繁进行了多次核试验，肯定有较高的核辐射，而这只鹅就是由于辐射作用引起的突变而产生的变种。

《科幻故事 365 夜》，国际文化出版公司，1991 年 7 月，李静敏改编

芳芳的秘密

刘学铭 等

一年一度的"世界中学生综合能力"竞赛正在紧张地进行。他们要在最短的时间内，完成一篇作文和数学、物理、化学等 100 道习题。其他的参赛者还没有答完一半试题的时候，中国的芳芳第一个交卷了。这真是历年来不曾有过的奇迹。

总编辑要我去采访一次，了解一下芳芳怎么会有那么快的反应能力，那么高的智力，以比别人快两倍的速度取得了第一名。

芳芳的爸爸热情地接待了我，他是研究电子学的专家。

说明了来意后，芳芳的爸爸李教授自豪地告诉我，他给芳芳用了"生物梦"仪器，来帮助她用更多的时间学习。

"勤能补拙"这是永久不变的真理。然而，一个人的时间毕竟是有限的，人必须保持每天最少 8 小时的睡眠以及必不可少的吃饭时间，锻炼身体时间。所以可用来学习的时间最多不过十几个小时。要想挤时间，还得从睡眠时间着手。李教授发明了一种"生物梦"仪器，睡眠时，给芳芳带上这种仪器，能使人在充分休息的情况下继续白天的思维。这种仪器的另一大特点是能将睡眠时思维产生的电流送进仪器，仪器把它译成文字，并写在纸上。

　　芳芳平时的努力加上"生物梦"的作用，使她能取得如此好的成绩也就不足为奇了。

　　　　　　《科幻故事365夜》，国际文化出版公司，1991年7月，恩荣改编

青春与衰老

刘学铭 等

　　韩萍花费了十余年的心血，从十几种药物中分离了"催老剂"，提取了"青春剂"。她用"青春剂"在动物身上做实验，效果很好。

于是，她又在自己身上做实验，服用一周后，奇迹出现了。悄悄爬在头上的银丝不见了，这一变化使她从一个中年妇女变成了一个楚楚动人的少女，犹如 20 多年前的她一样光彩照人。

　　韩萍的发明在研究所内引起了很大的轰动，领导和有关部门纷纷找她谈话，目的只有一个，就是向她索要"青春剂"，目的达不到就找她的麻烦。由于他们的干扰，韩萍根本无法正常工作，于是带着"青春剂"踏上了上访的旅途。

　　就在韩萍上访的日子里，研究所炸了锅。那几位道貌岸然的"小偷"一个个老态龙钟、步履蹒跚。原来他们错把韩萍分离出来的"催老剂"当成"青春剂"给服用了，所以一个个从青壮年迅速衰老成为老朽不堪的老头子。于是，他们派人四处寻找韩萍，还在报纸上刊登了寻人启事："韩研究员，不，韩小姐，看在我们曾是同事的份上，请你回来吧，给我们一点'青春剂'，救救我们吧……"

《科幻故事365夜》，国际文化出版公司，1991年7月，季新仁改编

奇特的医院

刘学铭 等

索菲曼在新奥尔良的海滨开办了一家康复医院，宣称包治各种癌症，由于他们的大力宣传和一些患者的现身说法，使其名声大振。虽然医疗费用很高，但前来求医的人还是源源不断，使该地有名的教会医院变得冷冷清清。教会医院花重金聘请高级侦探亨利·施瓦茨去刺探康复医院治病的奥秘。

亨利·施瓦茨白天混迹于患者家属之中，看到的只是康复医院的医生对患者的常规检查，没发现与其他医院有什么特殊之处。可是有一天晚上，亨利用红外线望远镜看到了另一幅可怕的情景：只见医生们给患者注射了一种药物，患者立刻失去知觉，紧接着一群壮汉把患者一个个装进一个类似集装箱的容器中，装在船上，尔后沉入大海。

第二天，法院以杀人嫌疑罪传讯了康复医院的索菲曼院长。面对检察官的指控，索菲曼院长无动于衷，只是反复强调本院正对这批患者进行正常治疗。

一个月之后，正当法庭调查无休止地进行的时候，康复医院的医生领着18位已经恢复健康的癌症患者闯入了法庭。亨利·施瓦茨仔细辨认，的确就是一个月前被沉入海底的那些人。

　　教会医院赔偿了 500 万美元的名誉损失费，但他们也没弄明白，康复医院是如何治好这些癌症患者的。其实很简单，康复医院通过潜水与癌症关系的研究发现：在潜入水深 300 米的条件下，人肌体的需氧量明显减少。而癌细胞增殖时，需要吸收大量的氧，在潜水过程中癌细胞不能吸收大量的氧，便自动停止增殖以至于自身消亡。所以癌症患者潜至 30 至 31 个标准大气压的水下环境中，并坚持一定的时间，癌症便不药而治。

　　　　　《科幻故事 365 夜》，国际文化出版公司，1991 年 7 月，恩荣改编

佳佳的大学

刘学铭 等

大学生佳佳所在的大学有一座非常美丽的校园。公寓式的宿舍楼，一人一间卧室，一间藏书室，一间书房，书房里摆着一台高级电脑，并有一个无线电广播，一架钢琴。精美的装修设计，使得你犹如在一个艺术的小王宫里。

第二天上午，喇叭叫了，老师通过无线广播叫同学们起床，自己自由锻炼。佳佳回来吃过早饭，收拾完毕，准备上课。

佳佳按动电脑的一个电钮，只见一位温和可亲的教授正在讲着课。原来现在的大学组成一个大学网，各学科只有一名教授，通过中心讲课室向各大学的学生讲课，各位同学按照自己所学专业通过电脑进行学习，电脑可以将每个问题传给教授和每位同学。

上午4个小时紧张的学习，使佳佳有些疲倦。中午休息时，一直睡到下午2点半才起床。她本打算早点儿和同学们去图书馆的，可现在同学们已经走了。

佳佳匆匆忙忙地背起小挎包，奔出大楼，驾着自己的小赛车，驶向学校图书馆大楼。一进楼佳佳就懵了：这几十层的大楼，我该上哪一层楼呀？

图书馆大楼的三楼大厅里寂静无声。佳佳打开包，里面除了一个小型计算器之外，什么也没有。佳佳这下可更着急了，图书证没有了，是不是拿错了包？她迈脚就想向楼外走。突然，计算器上发出了一串音乐声，小屏幕上显示出几行字："此说明如想再看一遍，就请按一下键。"原来，佳佳在着急中碰巧拨了一下键，屏幕用阅读速度显示出了此机器的功能、操作及应用说明。

　　看完这些，佳佳才转忧为喜，方知此计算器是一个微型电脑，它就是老师所说的借书证和万能词典。借书时，只要你将所要的书名通过键盘传给小电脑，它就可以通过无线电密码的方式与图书馆大楼的指挥中心取得联系，迅速查找出此书在几层楼，几号书库。你只需到指定取书地点就可以拿到书。如果校图书馆没有此书，中心可以通过密码与其他图书馆中心取得联系，其他藏有此书的图书中心自动阅读装置会将该书信息传给校图书中心，校图书中心可以快速打印出该书来，这一切最多不超过 1 小时。还书时，也由中心的自动控制装置与每个学生的借书证联系。此小装置还是一本万能词典，需要查找什么词时，只要将查找的内容输入，图书馆中心的信息库会自动将你要查找的内容反馈到你的小型荧屏上，又快又准确。

《科幻故事 365 夜》，国际文化出版公司，1991 年 7 月，卜方明改编

盲童的欢笑

刘学铭 等

谭凯发明了能使聋哑人"说话"的"魔盒"，在社会上引起很大轰动。他把此项发明无代价地赠送给 C 市社会福利院。为了表彰他对聋哑人做出的巨大贡献，社会福利院决定聘他为 C 市盲哑学校的名誉校长。谭凯非常珍视这一荣誉。可是到盲哑学校一看，他发现盲童们的高兴却是替别人高兴，为自己悲哀。因此，谭凯下定决心一定要尽最大努力发明出能使盲童甩掉拐杖的另一种"魔盒"来。

然而，这种"魔盒"要比使聋哑人说话的"魔盒"难度大得多。那种"魔盒"是利用信号发生器把大脑皮层活动的信息搜集到微型电子计算机里，经过计算机处理后再从扬声器里发出声音来。而这次是要把收集到的外部信息传送到人的大脑内部，这里既有光学、声学又有应用数学和医学的问题。为此，他不得不求助于医学博士的妻子刘丽和其他学科的专家们。综合了各学科的知识后，谭凯终于发明了一种能使盲人"看"见东西的"魔镜"。这种"魔镜"外观上与普通眼镜没什么不同，奥妙在于镜片是一种特殊的光学玻璃，能把所有感受到的光谱信号传递到镜框上的光谱接收装置上去，同时镜框上还有一种类似耳朵的超声接收器，就这样通过超声波"看"到物体的形状和距离，通过光谱可以"看"到物体的颜色。镶在镜

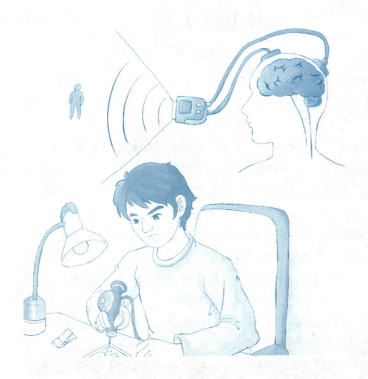

　　腿里的金属线完成了这一任务，而且在两条眼镜腿的终端形成了一个闭路磁场。依据金属传递过来的超声、光谱信号促使磁场发生变化，大脑感受到这种变化，于是就产生了对物体形状、颜色的影像。当谭凯把这种"魔镜"拿到盲哑学校时，盲童们争相试戴，那个高兴劲儿就甭说了，他们欢呼着："我们能见到光明啦！"谭凯看着他们，心中充满了欣慰。

　　《科幻故事365夜》，国际文化出版公司，1991年7月，季新仁改编

海上纵火案

刘学铭 等

XXXX 年 11 月 19 日，在印度东南部的马德里斯海湾水域里，一阵飓风过后，水面上燃起了一片通天大火，将伦德石油公司的海上钻井台化为灰烬，台上 120 名工作人员全部丧生。

火灾的直接受害者、该公司总裁托曼夫生坚定地认为，纵火嫌疑犯就是他当年的同窗好友、后来的情敌拉兹曼博士。那天在飓风和火灾发生前的几个小时，拉兹曼曾与助手在钻井台附近的海域乘快艇游弋。于是，他便控告了拉兹曼博士。

开庭那天，原告的辩护律师在核对被告是否在出事的当天到过现场的时候，又提出了新"证据"：出事的当天，被告不仅到过现场附近，而且他的助手还登上了钻井台，并被烈火烧死在那里。尤其令人怀疑的是，在接到飓风即将来临的天气预报之后，海上的船只纷纷逃遁到避风港的时候，他的快艇却"知难而上"，这是极其反常的。

在听众纷纷议论的时候，白发苍苍的小老头拉兹曼博士站出来讲话了。老人家像一位善于启发式教学的教授，用反问开始了自己的辩护问："如果说这次海上大火是我或者是我的助手纵火造成的，那么请问，1837 年发生在印度尼西亚海域的大火，1903 年发生在黄金海岸附近的海火，又是谁放的呢？"一句话就扭转了法庭的形势，原告及其律师张口结舌，无言以对。被告并不急于为自己剖白，而是通过这次冒险观测所获得的事实，彻底地揭开了这次海火之谜。

原来那场以 200 千米每小时以上的高速在海上疾驰的飓风，以巨大能量搅起海水，使部分水分子在激烈的摩擦中分解成其组成元

素氢和氧。当博士的探险船在出事的海域通过气体传感器探测出当地空气中，氢气的含量明显地增高时，就令其助手飞速赶赴钻井台，动员那里的工作人员迅速撤离危险区。

不料，飓风旋涡中一道雷电的火花，把氢气点燃了，顿时间，红浪滚滚，火光通天。

当时老博士在附近的海岛上，满眼含泪，望着那使他助手灰化的"火葬场"，并根据仪表上的数据，计算出制造这场火海奇观的能量，与200颗氢弹同时爆炸时所释放的能量大抵相当。

法庭宣布拉兹曼无罪。

《科幻故事365夜》，国际文化出版公司，1991年7月，阿敏改编

活着的雕像

刘学铭 等

第二次世界大战前，苏联考古学家伊万和助手娜佳及两名同伴在沙漠中迷了路，无目标地艰难跋涉着。突然两座人物雕像出现在面前。雕像是一男一女。女的微微垂着头。男雕像的脸是粗线条的，鼻子、耳朵、嘴不很分明，只有那双轮廓分明的眼睛显得很不协调，菱形的瞳仁，虹膜的青筋，直撅撅的梳状睫毛十分醒目。那眼神更令人一生难忘。

伊万简直无法把目光从这双眼睛上移开。他慢慢走过去，娜佳胆怯地扯了他一下，他也没有回头。当他的胸口撞到雕像的腿时，感到大腿好像被什么东西灼了一下。

它们是谁的作品？为什么矗立在这里？是用什么材料雕成的？这一连串的问题萦绕在伊万的脑海中。他偷偷干了一件考古学家最忌讳的事，从女雕像的脚上敲下8块碎石做标本，打算带回去研究。

几天以后，飞机发现了迷路的考古队员，帮他们回到了彼得堡。但他们4个心里都怀着早日重返沙漠、研究这两座雕像的强烈愿望。可惜不久，卫国战争爆发了，他们分别上了前线，带回的8块标本也在战争中失落了。

5年以后，战争结束了。伊万做的第一件事就是组织了一支新的考察队，去寻找这两座神秘的雕像。

考察队的飞机在飞越沙漠上空时终于发现了寻觅已久的雕像。伊万带队立即踏上征途。途中，他拿出5年前在雕像旁摄下的一张照片，让队员们仔细观看。不料，当他们到达目的地后，竟发现女雕像已改变了姿势：两膝微屈，一只手伸向曾被伊万敲掉几块碎石

的脚；男雕像则向前跨了一步，朝女雕像侧过半边身子，右手拿着武器伸向前方，仿佛在保护她。这情景与 5 年前的照片大不相同，令人惊愕！

　　眼前的变化最合理的解释就是，它们是活的！这两座雕像静止不动仅仅是一种假象，它们根本就不是雕像，而是来自其他行星的生物。它们有自己的时间，地球上的 100 年，也许只等于它们的一瞬间。

　　夕阳西下，沙漠空旷，伊万站在两座雕像前，他想，我们同是高级生物，却不能交流，不能沟通，只能彼此对峙着，如此差异悬殊，又如此相似。总有一天，总有一种方式，能把我们联系起来吧。

　　《科幻故事 365》，国际文化出版公司，1991 年 7 月，胡永永改编

神秘的家庭

刘学铭 等

在某个城市，有一个神秘的家庭。丈夫菲利普是位法国人，妻子安娜是个黑人女子，儿子米拉是个黑孩子，而养女莎莎则是一头雌性小猩猩。这个家庭是怎么来的呢？事情还得从头说起。

在这个城市有个亨利公园，公园主亨利是个唯利是图、为富不仁的家伙。一次，地质队给公园送来两头误入地质队汽车的小猩猩，其中有一头有点儿像人。亨利抓住这个机会，与媒体记者威尔逊勾结在一起，大肆渲染，造成全市轰动，使自己获得巨利。

动物学家、驯兽专家菲利普听到消息去公园，发现雄猩猩米拉似属人类，几次观察后，他决定进一步调查。亨利闻讯，暗中要收买菲利普，请菲利普以专家身份确认米拉是人，被菲利普拒绝。

亨利和威尔逊见计不成，以重金买通流氓多尔，胡编乱造，制造出米拉的母亲。消息传开，一时间公园游人倍增，亨利也利益猛增。

菲利普决心深入林区，寻找米拉母亲的线索，几经挫折，又遭到野兽袭击，身负重伤。奄奄一息中，被黑人女奴安娜救起，经过安娜昼夜悉心治疗，菲利普转危为安。其间，安娜知道了菲利普进老林寻找孩子母亲的经过，发觉菲利普提及的孩子，正是她3年前失落的孩子米拉。安娜连夜赶到公园，认出笼里关的正是自己的孩子，要求亨利放回米拉。亨利不信，要安娜拿出证据，证明孩子是她的，安娜取出当年她挂在孩子身上的心爱之物铃铛，米拉要冲出笼子，被亨利挡住。亨利进一步刁难安娜，要安娜说出谁是米拉的父亲。安娜一时无法回答。

正在安娜危难间，菲利普正好赶到。他大声说："他的父亲在

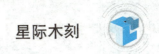

这里，就是我！"

"这是不可能的！"亨利惊叫起来。

菲利普大声说："米拉的生身父亲前几年死了。我现在是安娜的丈夫，米拉是我的儿子。我要承担做父亲的责任，要把他从野兽牢笼里解救出来，把他培养成人。"

亨利拼命指责菲利普说谎，扬言他是骗子。此时威尔逊被菲利普的善良行为所感动，又悔恨又气愤地把亨利和他为何勾结的经过说了出来。

在群众的一片指责声中，亨利夺路而逃，菲利普和安娜救回了米拉和莎莎，回到了自己的家。

为了避免好奇人的干扰，菲利普和安娜便开始了隐士般的生活。为尽快恢复米拉的心智，菲利普用感情、用音乐、用歌声去感化米拉，还从孤儿院请来十几个孩子，组织一个夏令营……在菲利普的努力下，米拉终于从"野兽"恢复到人。

此后，菲利普又开始训练雌猩猩莎莎说话。在懂得猩猩语言的米拉的帮助下，先教会莎莎掌握了手语；后又经过艰苦的研究和探索，让莎莎学会了说话。莎莎成了菲利普和安娜的养女，组成了一个神秘的家庭。

《科幻故事365夜》，国际文化出版公司，1991年7月，卜方明改编

海伦的爱情

刘学铭 等

海伦是我和戴维共同制作的一个机器人。我们把全部新型装置都放进了这个姑娘的躯壳之中，有关思想、感情之类的东西都录进了她的辅助记忆线圈。她的脸是人造皮肤制的，和人一模一样。

刚把海伦装配好，我因一桩急事乘载人火箭到亚洲去了。我一走，戴维就把海伦开动起来。她的反应功能好极了，简直就是一个最出色、最有效的管家。令人吃惊的是，她竟像那些情窦初开的姑娘那样，迷上了有关爱情的电视片和文学作品。

更为令人惊异的是，海伦竟对戴维发生了奇妙的爱情：但戴维从来没忘记她是个机器人，因此，对她的行为总是不以为然。后来，他干脆回到乡下经营果园去了。这使海伦非常痛苦，整天心事重重，躺在沙发上哭泣。我打电话给戴维，决定晚上把海伦的线圈打断，好结束她的痛苦。可是出人意料的是戴维坚决不同意，匆匆从乡下赶回来。原来他也爱上了海伦。他们结婚了，海伦变得更可爱，更温柔了。随着岁月流逝，戴维逐渐老起来，而海伦不会老，于是她就在脸上画一些皱纹，把头发染灰，让戴维知道她是会同他一样老起来的。而戴维似乎已经忘记她不是一个真的女人。

有一天，我收到了海伦的来信，得知了戴维逝世的噩耗。她在信中还说："对我来说，只有一件事可做了，我要跟戴维死而同穴。酸能溶蚀掉肉体，也能溶蚀掉金属，请把我们葬在一起。这也是戴维的遗愿！"

我遵嘱安葬了这一对幸运儿。

《科幻故事365夜》，国际文化出版公司，1991年7月，烈梅改编

特别宇航器

刘学铭 等

我在一篇关于月球的科技论文中提出的崭新观点，引起了世界太空专家的密切关注。凭此优越条件，我向美国宇航局提出去月球考察的要求，宇航局立刻同意了。

我怀着兴奋的心情来到宇航局，局长拿出一个火柴盒大小的东西，说："好吧，你带着它准备启程吧。"我感到莫名其妙，凭此岂能登月？正在疑惑之际，局长已把那"小火柴盒"塞入我手中。说："打开 OPEN 键，准备升空！"

"小火柴盒"发出声音："紧握我，准备启程！"约 20 秒后，我忽地钻入了云空，仅以 12 秒时间便抵达了月球！

以此高速升空，本应头昏目眩，甚至血液冲破血管失血而死，但我却安然无恙。原来，"小火柴盒"已发出无数奇特的粒子，布满我周身，形成一层保护膜，做到膜内气压保持 760 毫帕，并使身体与空气隔离开来。

那么，上升的动力从何而来呢？原来，"小火柴盒"还能发出一种特殊粒子，与地球磁场抗衡，如同皮球打在地上，形成一种巨大的反推力，将一定质量的物体推入天空。

抵达月球之后，在"小火柴盒"的提示下，我按下了 STEP 键，发现我竟能如同在地面一样，行走正常，毫无失重感觉。其实，那"小火柴盒"已发出一种磁场，与月球相吸。

大家知道，月球的夜晚温度达零下 100 摄氏度，而我的月球之夜却毫无寒冷之感。询问"小火柴盒"是何原因，它答曰："我已在你周围 2 米范围内形成了移动性恒温区，保持正常气温。"

真是奇妙绝伦，功能超异！

《科幻故事365夜》，国际文化出版公司，1991年7月，恩荣改编